Sassy Vanderwitz

BIG BIG LOVE

AF169785

```
                    BIG     BIG
                LOVE  BIG  BIG  LOVE
              BIG BIG LOVE BIG BIG LOVE
             BIG BIG LOVE BIG BIG LOVE BIG
            BIG  LOVE  BIG  BIG  LOVE  BIG  BIG
           LOVE BIG BIG LOVE BIG BIG LOVE BIG
          BIG LOVE BIG BIG LOVE BIG BIG LOVE BIG
         BIG LOVE BIG BIG LOVE BIG BIG LOVE BIG BIG
        LOVE BIG BIG LOVE BIG BIG LOVE BIG BIG LOVE
       BIG BIG LOVE BIG BIG LOVE BIG BIG LOVE BIG BIG
      LOVE BIG BIG LOVE BIG BIG LOVE BIG BIG LOVE BIG
      BIG LOVE BIG BIG LOVE BIG BIG LOVE BIG BIG BIG
       LOVE BIG BIG LOVE BIG BIG LOVE BIG BIG LOVE
          BIG BIG LOVE BIG BIG LOVE BIG BIG LOVE
           BIG BIG LOVE BIG BIG LOVE BIG BIG
            LOVE BIG BIG LOVE BIG BIG LOVE
             BIG BIG LOVE BIG BIG LOVE BIG
             LOVE BIG BIG LOVE BIG BIG LOVE
             BIG BIG LOVE BIG BIG LOVE BIG
             LOVE BIG BIG LOVE BIG BIG LOVE
             BIG BIG LOVE BIG BIG LOVE BIG
             LOVE BIG BIG LOVE BIG BIG LOVE
             BIG BIG LOVE BIG BIG LOVE BIG
             LOVE BIG BIG LOVE BIG BIG LOVE
             BIG BIG LOVE BIG BIG LOVE BIG
             LOVE BIG BIG LOVE BIG BIG LOVE BIG
             BIG LOVE BIG BIG LOVE BIG BIG LOVE
             BIG BIG LOVE BIG BIG LOVE BIG BIG
             LOVE BIG BIG LOVE BIG BIG LOVE BIG
             BIG LOVE BIG BIG LOVE BIG BIG LOVE
             BIG BIG LOVE BIG BIG LOVE BIG BIG
             LOVE BIG BIG LOVE BIG BIG LOVE BIG
             BIG LOVE BIG BIG LOVE BIG BIG LOVE
             BIG BIG LOVE BIG BIG LOVE BIG BIG
             LOVE BIG BIG LOVE BIG BIG LOVE BIG
             BIG LOVE BIG BIG LOVE BIG BIG LOVE
             BIG BIG LOVE BIG BIG LOVE BIG BIG
             LOVE BIG BIG LOVE BIG BIG LOVE BIG
             BIG LOVE BIG BIG LOVE BIG BIG LOVE
             BIG BIG LOVE BIG BIG LOVE BIG BIG
             LOVE BIG BIG LOVE BIG BIG LOVE BIG
             BIG LOVE BIG BIG LOVE BIG BIG LOVE
             BIG BIG  LOVE BIG BIG LOVE BIG BIG
       LOVE BIG BIG LOVE BIG BIG LOVE BIG BIG LOVE BIG BIG LOVE
     BIG BIG LOVE BIG BIG LOVE BIG BIG LOVE BIG BIG LOVE BIG BIG LOVE
    BIG LOVE BIG BIG LOVE BIG BIG LOVE BIG BIG LOVE BIG BIG LOVE BIG BIG LOVE
   BIG BIG LOVE BIG BIG LOVE BIG BIG LOVE BIG BIG LOVE BIG BIG LOVE BIG BIG LOVE
   BIG BIG LOVE BIG  BIG BIG LOVE BIG BIG LOVE BIG BIG LOVE BIG BIG LOVE BIG BI
   LOVE BIG BIG LOVE BIG BIG LOVE BIG  BIG BIG LOVE BIG BIG LOVE BIG BIG LOVE BIG B
   LOVE BIG BIG LOVE BIG BIG LOVE BIG BIG LOVE BIG  BIG BIG LOVE BIG BIG LOVE BIG B
   LOVE BIG BIG LOVE BIG BIG LOVE BIG BIG LOVE BIG BIG LOVE LOVE BIG BIG LOVE BIG B
    LOVE BIG BIG LOVE BIG  BIG BIG LOVE BIG BIG LOVE BIG BIG LOVE BIG BIG LOVE BIG B
```

Sassy Vanderwitz

BIG BIG LOVE

*Ein Roman über Liebe
und nackte Tatsachen*

Impressum

Hintergrundmuster Cover: Bernhard Wöstheinrich, studioflokati.de

Das Werk, einschließlich seiner Teile, ist urheberrechtlich geschützt. Jede Verwertung ist ohne Zustimmung des Verlages und des Autors unzulässig. Dies gilt insbesondere für die elektronische oder sonstige Vervielfältigung, Übersetzung, Verbreitung und öffentliche Zugänglichmachung.

Bibliografische Information der Deutschen Nationalbibliothek:

Die Deutsche Nationalbibliothek verzeichnet diese Publikation in der Deutschen Nationalbibliografie; detaillierte bibliografische Daten sind im Internet über http://dnb.dnb.de abrufbar.

© Saskia Schulte (alias Sassy Vanderwitz)

Herstellung und Verlag:

BOD - Books on Demand, Norderstedt

ISBN: 978-3-73924-417-4

Sassy Vanderwitz im Internet:

www.vanderwitz.com

Gewidmet

allen Üppigen

Gebrauchsanweisung

Es ist wie im richtigen Leben: Wer alles haben will, liest das Buch so, wie es kommt: von vorne bis hinten. Wer nur Sex will, der nimmt sich gleich die *kursiven* Kapitel vor und legt sofort los.

Inhaltsverzeichnis

Vorspiel 9

Das Abenteuer beginnt 11

Geballte Begierde 15

Mann, Mann, Mann ... Nr. 1 bis 14 20

Die Leckerei 22

Mann Nr. 15 30

Unersättlich 32

Mann Nr. 16 43

Die Gespielin 46

Mann Nr. 17 65

Konkurrenz belebt das Geschäft 67

Freundinnen 79

Mann Nr. 18 90

Die Steifeprüfung 93
Mann Nr. 19 101
Reise ins Land der Lust 105
Tantra – Explosion der Sinne 115
Der Plural von Orgasmus 126
Gefesselt 144
Aller guten Dinge sind drei 157
Mann, o Mann ... Nr. 20 bis 28 167
Fuck off! 170
Herzkönig 178
Amors großer, dicker Pfeil 185
Liebesfrust und Liebeslust 193
Hart, aber herzlich 201
Es ist nicht alles Gold, was glänzt ...
aber vielleicht Silber 209
Das Salz in der Suppe 213
Nachspiel 219

Nachwort: Das nackte Leben 222

Vorspiel

Er begegnet mir immer im Dunkeln. Ich sehe ihn nicht, er ist ein Schatten in der schwarzen Nacht. Doch sein herber, männlicher Geruch ist mir vertraut, genauso wie die Sanftheit seiner Berührung. Mit einer liebevollen Geste streicht er mir übers Haar und haucht mir zärtliche Worte ins Ohr. Dann fährt er mit seinen Lippen meinen Hals hinab, ich erschauere.

Ein Feuer entzündet sich in mir, ich ziehe ihn ganz nah an mich heran und schmiege meinen Leib an den seinen. Er reagiert auf mein Begehren und greift an meinen üppigen Po, streicht über meine Brüste, und unsere Münder verschmelzen in einem innigen Kuss.

Endlich, endlich schiebt er meine Knie auseinander, und ich folge dem sanften Druck seiner Hände, mache mich bereit, ihn in mir zu empfangen, mit ihm zu verschmelzen.

--- Aber was ist das?

Nein, nicht schon wieder der Wecker! Das darf doch nicht wahr sein.

Ich könnte es treiben wie ein Tier, stattdessen muss ich ins Büro. Wie soll ich diesen Tag bloß durchstehen, wenn ich jetzt nicht masturbiere? Vor allem wenn ich wieder zu meinem Chef zum Einzelgespräch muss. Ich kann mich in seiner Gegenwart ohnehin nur schwer konzentrieren.

Wenn ich das Frühstück weglasse, dann schaffe ich es noch pünktlich zur S-Bahn. Frankfurt am Morgen, wie ätzend. Nebeldunst und gestresste Gesichter.

Dieser dunkle Traum, er verfolgt mich seit Wochen. Und ich wache jedes Mal auf, bevor es richtig zur Sache geht. Ich kann nicht mehr. Ich gebe es auf. Ich suche mir wieder einen Mann.

Das Abenteuer beginnt

D as Internet", sagt Tanja am Abend zu mir, „bietet dir bestimmt massenweise Männer zur Auswahl."

„Aber ich bin dick!" Tanja mit ihrer elfenhaften Figur hat doch keine Ahnung. „Die meisten Männer wollen keine dicken Frauen."

„Dann schreib doch in deine Anzeige, dass du eine Rubensfrau bist, und sortiere die engstirnigen Kerle gleich aus."

Carina und Melli nicken kauend. Sie haben sich wie ausgehungerte Werwölfe über meine frisch gebackenen Schokotörtchen hergemacht.

„Dann wissen die Männer gleich Bescheid, und du gehst nicht auf tausend Dates, wo dir die Männer sagen, dass du zu mollig bist", gibt Melli zu bedenken.

Melli hat selbst ein paar Kilos „zu viel", wie sie sagt,

obwohl ich finde, dass sie wie eine ganz normale Frau aussieht, die eben Bauch, Beine, Po und Brüste hat. Vor einigen Jahren hat sie eine Anzeige in der Zeitung aufgegeben und ein paar sehr frustrierende Dates hinter sich gebracht. Zum Glück ist sie irgendwann auf einer Party betrunken mit ihrem besten Freund Dirk abgestürzt, und seit dieser Nacht sind sie eine Art nerviges, unzertrennliches altes Ehepaar.

„Hör mal, es gibt genug Männer, die auf Frauen wie dich stehen. Du kriegst das nur nicht mit, weil du keine Augen am Hinterkopf hast. Was glaubst du, wie viele Männer dir auf den Hintern gucken", sagt Carina amüsiert.

Tanja kichert. Mein Hintern ist tatsächlich groß, rund und prall. Sie mag ihn und gibt mir öfter einen freundschaftlichen Klaps darauf, aber mir ist seine Größe eher unangenehm. Trotzdem habe ich keine Lust abzunehmen, mir schmeckt es einfach zu gut.

„Weißt du was, wenn du wirklich gar keinen Mann finden solltest, dann kannst du immer noch eine Diät anfangen. Aber ich glaube, du solltest bleiben, wie du bist", sagt Tanja und beißt in ihr viertes Törtchen. Sie leckt sich den Schokoladenguß von den Fingern. „Wenn ich so gut backen könnte, wäre ich auch dick", fügt sie gut gelaunt hinzu. „Aber das wäre mir echt egal. Die sind vielleicht gut."

Dass Tanja jemals dick werden könnte, steht natürlich außer Frage. Sie gehört nämlich zu den Frauen, die sich den ganzen Tag mit ungesundem Fraß vollstopfen und tags drauf immer noch locker in ihre Jeans passen. Es ist unfair, aber es ist so.

„Was willst du denn in deiner Kontaktanzeige über dich schreiben?", fragt Carina.

„Keine Ahnung."

Tanja und Melli nehmen das als Aufforderung und laufen wie aufgescheuchte Hühner zum Schreibtisch und suchen Zettel und Stifte. Tuschelnd sitzen sie die nächste halbe Stunde auf meiner Couch und schreiben, zerknüllen Papier und werfen es durch die Gegend, als wären sie gescheiterte Poeten. Wenn ich es aufsammeln will, machen sie ein Riesentheater, ich soll bloß nicht hineinschauen, sonst wäre es doch keine Überraschung mehr.

Währenddessen erzählt mir Carina, dass sie nach meiner SMS heute Morgen ihre Vorlesung geschwänzt hat, um im Internet zu recherchieren. Sie ist dabei auf mehrere Single-Portale gestoßen, die sich auf Mollige spezialisiert haben. Carina studiert seit gefühlten 27 Jahren, und immer wenn es etwas Neues im Leben ihrer Freundinnen gibt, liest sie sich erst einmal ins Thema ein.

Sie zieht dann auch tatsächlich einen USB-Stick aus ihrer Hosentasche und bittet mich, meinen Computer einzuschalten.

Meine Freundinnen wollen mich offensichtlich schnellstmöglich unter die Haube bringen.

„Wirke ich so frustriert?", werfe ich in den Raum.

„Jaaa", kommt übereinstimmend zurück.

„Wenn ich noch einmal höre, wie geil dein Chef aussieht, dann gehe ich den selbst mal besuchen", schimpft Tanja augenzwinkernd.

„Du hättest Chancen bei ihm", mosere ich, „du bist ja schlank."

„Wenn du dich da mal nicht irrst", erwidert Tanja lässig.

Carina meldet mich derweil in zwei ihrer Recherche nach am besten geeigneten Single-Portalen im Internet an. Lädt Bilder von mir hoch, die sie auf ihrem USB-Stick schon zusammengestellt hat, gibt Lieblingsspeisen, -Musik und Filme an. Wie praktisch, dass Carina mit mir schon in der Grundschule befreundet war, denn ich muss gestehen, an meinen Vorlieben hat sich seit dieser Zeit nicht allzu viel geändert.

Und endlich liest Tanja den Anzeigentext vor: „Liebenswürdige, sinnliche, lebensfrohe Rubensfrau Mitte dreißig sucht einen wunderbaren Mann zum Leben, Lieben und Lachen."

Ich bin baff. „Das klingt ja richtig sympathisch."

„Du bist ja auch richtig sympathisch", stellt Carina fest.

„Und jetzt muss es nur noch mein Traummann kapieren, oder wie stellt ihr euch das vor?"

Geballte Begierde

Mein E-Mail-Postfach platzt aus allen Nähten. Nicht zu fassen – es gibt doch tatsächlich haufenweise Männer, die mich kennenlernen möchten. Obwohl man auf den Fotos, die Carina auf die Single-Seiten hochgeladen hat, deutlich sehen kann, dass ich keineswegs schlank bin.

Die Anfragen sind recht unterschiedlich. Von sinnreichen E-Mails über 0815-Texte bis hin zu eindeutig sexuellen Anspielungen ist alles dabei. Ein paar Männer schicken freizügige Fotos mit, sogar Aufnahmen ihrer Kronjuwelen in verschiedenen Stadien der Erektion sind darunter zu finden. Normalerweise hätte ich solche E-Mails sofort empört gelöscht, aber ich sortiere nur die wirklich unverschämten Nachrichten aus. Ich bin viel zu ausgehungert nach Sex, um so zu tun, als wäre ich an alldem nicht interessiert. Am liebsten würde ich mich jetzt auch noch fleißig ans Werk machen und Antworten schreiben, bis mir die Finger wehtun.

Aber ich mache lieber den Computer aus und gehe ins Bett. Morgen haben wir Projektabschluss, und mein Chef braucht mich frisch und munter.

Als ich im Bett liege, träume ich von den vielen Männern, die mir geantwortet haben, obwohl ich eine Rubensfrau bin. Habe ich wirklich geglaubt, es gibt nur wenige Männer, die auf üppige Frauen stehen? War ich wirklich so naiv?

Ich rolle mich im Bett hin und her. Was das wohl für Männer sind und was sie alles mit mir anstellen wollen? Ich hätte schon einige Ideen ... Ich spüre, wie mir heiß wird. In meinem Kopf rotieren die E-Mails, die Bilder, die vielen neuen Möglichkeiten.

Sanft beginne ich meine Schenkel zu streicheln. Meine Sehnsucht ist erwacht. Ich will geküsst werden, auf meine Lippen, meine Wangen, meinen Hals, mein Dekollete, dann meine Brüste, meinen Bauch und tiefer ... Ich wünsche mir kundige Hände, die mich streicheln, die meinen Kitzler sanft und rhythmisch massieren. Ich weiß zwar selbst am besten, wie ich es mir machen muss, aber ich stelle mir vor, dass es jemand anderes tut. Ein Mann. Oder eine Frau? Es tut so gut, mich zu streicheln, ich spüre, dass ich feucht werde, und fasse in mich hinein. Ich bin ganz nass und heiß.

Ich streichele mich weiter, und Hitze steigt in mir auf. In solchen Momenten denke ich manchmal noch an meinen Exfreund. Denn der einzige Ort, an dem wir uns fast bis zu unserer Trennung verstanden, war das Bett. Mein Ex war ein stattlicher Mann mit einem schönen, dicken Genussbauch, an den ich mich immer gerne gekuschelt habe. Wir liebten uns meistens sehr lange und zärtlich, ganze Wochenenden haben wir im Bett verbracht. Nach unserer Trennung habe ich lange Zeit seinen Körper vermisst, seine Haut, seine Berührungen, unsere ausgiebigen Massagen mit wohlduftenden Ölen. Manchmal stelle ich mir immer noch vor, wie wir an einem Sonntagmorgen erwachen und er sich von hinten an mich schmiegt. Ich spüre seinen Bauch und seinen Brustkorb an meinem Rücken. Um ihn zu reizen, strecke ich meinen Po nach hinten und reibe ihn an seinem Schwanz. Er zieht mir das Nachthemd langsam nach oben und dringt dann sanft von hinten in mich ein. Wir lassen uns wie immer sehr viel Zeit, und während draußen die Vögel zwitschern oder der Regen fällt, lieben und lieben und lieben wir uns.

In letzter Zeit schweifen meine Gedanken aber auch immer wieder vom Altbekannten ab und ich erinnere mich an eine Situation mit meinem Chef. Vor ein paar Monaten zog er sich kurz nach Feierabend im Büro um, als ich noch etwas bei ihm hereinreichen wollte. Er stand nur in Hosen hinten am Schrank und holte sich gerade ein frisches Hemd heraus, vielleicht hatte er noch eine Verabredung oder einen Termin. Im Neonlicht wirkte seine Haut zwar etwas bleich, aber es hob seinen Sixpack am Bauch und die deutlich ausgeprägte Brust- und Armmuskulatur hervor. Solch einen Körper hatte ich außer in Zeitschriften oder im Fernsehen noch nie gesehen. Seine Bewegungen waren geschmeidig und sahen beinahe gefährlich aus.

Es wäre eine Leichtigkeit für ihn gewesen, über mich herzufallen und mich zu erlegen, als wäre er das Raubtier und ich die Beute. Etwas Heißes schoss von unten nach oben durch meinen Körper. Ich muss wie gebannt auf das Spiel seiner Muskeln gestarrt haben, denn als er mich ansprach, zuckte ich zusammen und schloss schnell die Tür hinter mir. „Bleiben Sie doch hier, Isabella", hörte ich ihn noch sagen. Die Unterlage für ihn schob ich verschämt in das Ablagefach neben seiner Bürotür. Die nächsten Male, wenn er mich hereinrief, tat ich betont sachlich, als wäre nichts geschehen. Er schmunzelte noch ein paar Mal, wenn er mich sah, sprach mich aber nicht darauf an.

Oft, wenn ich mich in letzter Zeit selbst befriedige, stelle ich mir vor, dass ich nicht aus dem Büro flüchte, sondern stehenbleibe. Er stellt sich hinter mich und drängt mich zum Schreibtisch, wo er meinen Oberkörper nach unten auf die Tischplatte drückt. Mit einem ungeduldigen Handgriff schiebt er meinen Rock hoch und dringt von hinten in mich ein. Er nimmt mich fest und ausdauernd, und ich nehme jeden Stoß von ihm willig entgegen. Wenn ich dann komme, bin ich endlich von meiner schrecklichen Lust erlöst.

Man merkt vielleicht schon an diesen Phantasien, dass ich drei Jahre keinen Sex mehr hatte. Ich bin auf dem besten Wege, frustriert zu werden.

Deshalb werde ich mir einen neuen Partner suchen. Und bis ich ihn gefunden habe, werde ich kein erotisches Abenteuer auslassen.

Ich will den dunklen Traum nicht mehr haben. Ich will ihn erleben.

Mann, Mann, Mann ...
Nr. 1 bis 14

Die Kandidaten Nr. 1 bis 5 sind schon nach wenigen E-Mails uninteressant. Sie schreiben fast immer das Gleiche über sich, fragen auch immer wieder Ähnliches, als hätten sie meine Antworten gar nicht gelesen:

Ich finde dich süß.

Was findest du denn an mir so süß?

Ich finde dich süß.

Nr. 6 bis 9 schreiben wild hin und her, aber zu einem Telefonat oder einem realen Treffen lassen sie es dann doch nicht kommen.

Mit Nr. 10 bis 14 telefoniere ich dann sogar. Nr. 10 ist herrisch. Bei Nr. 11 stellt sich nach und nach heraus, dass er parallel zum Gespräch bei einer Ebay-Auktion mitbietet. Nr. 12 würgt das Gespräch einfach ab. Nr. 13

erzählt lang und breit von seiner Exfreundin, hier lege ich dann mit einer höflichen Ausrede auf. Nr. 14 wettert über Frauen im Allgemeinen und fragt mich auch gleich, ob ich genauso verlogen, betrügerisch und hinterfotzig bin.

Frustriert lege ich auf. Was ist nur mit den Männern los? Na, immerhin habe ich morgen Nachmittag das erste Date mit einem der Männer, die mir ihre ausschließlich erotischen Absichten gemailt haben. Das ist wenigstens ehrlich und direkt. Und macht mich neugierig. Das Abenteuer kann beginnen ...

Die Leckerei

Hendrik ist ein langer, schlanker Mann mit breitem Kreuz. Es ist das Erste, was mir an ihm auffällt, als er in dem kleinen Café seine Jacke ablegt und seine kantigen Schultern sich unter dem Pullover abzeichnen.

„Ich habe total Lust auf Torte", sagt er gleich zur Begrüßung, und das macht ihn mir sofort sympathisch. Also essen wir jeder ein großes Stück und trinken Kaffee dazu. Zwischendurch grinst er mich frech an. Mir bleibt nichts anderes übrig, als bei diesem Grinsen schwach zu werden. Und natürlich sprechen wir irgendwann auch über Sex.

„Ich mag es, wenn die Frau mir sagt, was ich machen soll."

„So wie eine Domina?"

„Nicht so streng und ohne mich zu hauen vielleicht",

sagt er und grinst wieder. „Aber ich erfülle gerne die Wünsche der Damen."

„Egal was?"

„Nicht ganz egal. Ich putze dir nicht nackt die Wohnung oder sowas. Aber im Bett mache ich fast alles."

„Wirklich?"

„Ja, da stehe ich drauf."

„Dann kannst du mir ja das Bett machen."

„Ich kann es dir *im* Bett machen."

„Echt?"

„Ja klar, du bist heiß."

„Das kannst du doch nicht einfach so sagen."

„Du siehst doch, dass ich das kann."

„Und wenn ich dann zum Beispiel sage, ich hätte gerne drei Orgasmen?"

„Dann mache ich dir vier!"

Angeber, denke ich. Also frage ich genauer nach: „Und wie?"

„Wie du willst."

„Das ist ja wie ein Wunschkonzert."

„Besser."

Irgendwie macht er mich nervös. Einerseits habe ich schon viele Sprüche gelesen in den vielen E-Mails, die ich auf meine Anzeige erhalten habe. Alle sind sie die besten, haben den Größten, können am längsten und so weiter.

Aber so selbstbewusst, wie Hendrik das hier vertritt, das macht mich schon an. Vier Orgasmen ... nun, sollte er es doch beweisen.

„Und am besten kann ich es mit dem Mund", unterbricht er meine Gedanken. „Darin bin ich unschlagbar."

„Machst du das denn gerne?"

„Ja, am allerliebsten", sagt er und schiebt sich genüsslich die nächste Gabel Torte in den Mund, um dann voller Freude zu kauen. Er hat sinnliche, volle Lippen, und ich wage es kaum, mir vorzustellen, was er damit alles bei mir anstellen könnte. Er lehnt sich zurück und betrachtet mich mit seinen blauen Augen. Sie leuchten, er freut sich offensichtlich an meinem Anblick. Diesen Moment nutze ich, um gleich das nächste Thema anzuschneiden, das mir am Herzen liegt.

„Ich bin dir also nicht zu dick?"

„Nein, an den dünnen Frauen ist nichts dran. Ich greife lieber in die Vollen, in jeder Hinsicht. Und so wie du gebaut bist, ist bestimmt auch deine Venus schön groß."

Ich merke, wie mir das Blut ins Gesicht schießt. Ich weiß zwar nicht, ob meine groß oder klein ist und ob das mit dem Körpergewicht zusammenhängt, aber finde es schön, dass er nicht Muschi oder Schlimmeres, sondern Venus sagt. Das klingt ganz bezaubernd. Ich beschließe, diese Bezeichnung zu übernehmen.

Und ich fühle, wie ich langsam Feuer fange. Dass mein Höschen immer feuchter wird, ist auch nicht zu leugnen. Ein Mann, der gerne leckt ... dass es so etwas gibt. Bisher war das immer das widerwillige Angebot meiner Exfreunde gewesen, ganz nach dem Motto „wie du mir, so ich dir". Und ähnlich unsinnlich war ihre lustlose Leckerei dann auch gewesen – was ich entsprechend auch zurückgab. Manchmal bin ich eben auch eine Zicke.

Für gegenseitiges Lecken habe ich mich also bisher nicht übermäßig begeistern können. Aber ein Mann, der das gerne tat, weshalb sollte ich ihm nicht ermöglichen, sich in meinem Schoß frei zu entfalten ...

„Du machst das wirklich gerne, stimmt's?" So langsam sickert diese Botschaft in mein Gehirn.

„Ja."

„Beweise es mir", fordere ich ihn auf.

Er steht sofort auf, geht zum Tresen und bezahlt. Ich folge ihm nach draußen.

„Wo willst du hin, zu dir oder zu mir?"

Zu ihm sind es nur wenige Minuten Autofahrt, die wir schweigend verbringen. Zwischendurch zwinkert er mir fröhlich zu. Er berührt mich nicht, packt mir nicht an den Schenkel. Ich finde es angenehm, dass er sich auf den Straßenverkehr konzentriert und sich Zeit lässt. Aber ob wir das Eis noch gebrochen kriegen?

♀ + ♂

„Komm mit", sagt er und schiebt mich durch den Flur ins Schlafzimmer. Er hat ein großes, schwarz bezogenes Bett, die Wände sind in einem dunklen Rot gestrichen. Es könnte genauso gut ein SM-Studio sein, denke ich, doch ich sehe keine Spielzeuge. „Die habe ich weggeschlossen", erklärt er auf meine Frage hin, „am Wochenende kommen die Kids."

„Hast du wirklich Peitschen und sowas?"

„Nein, natürlich nicht. Das war nur ein Scherz. Das brauche ich alles nicht, um dich zum Kommen zu bringen."

„Viermal", sage ich und lächele ihn auffordernd an.

„Kein Problem", erwidert er. Und dummerweise erröte ich.

„Bist du so schüchtern?" Er stellt sich direkt vor mich, aber er berührt mich nicht. Er riecht gut, nach irgendetwas Herbem, Männlichem. Sein Brustkorb strahlt Hitze aus. Er muss regelrecht glühen.

„Ich hatte drei Jahre keinen Sex. Aber ich hoffe, ich taue noch auf."

„Dabei kann ich dir ja helfen." Und er packt mich mit

seinen starken Armen, zieht mich zu sich heran und küsst mich. „Lass mich mal machen", flüstert er, „ich kriege dich schon locker."

Es ist mir zwar peinlich, aber mir schießt der Gedanke durch den Kopf: Endlich bin ich mal dran.

Er zieht mich aufs Bett und wir knutschen wild herum. Sein Mund saugt gierig an meinem, unsere Zungen spielen miteinander. Ich fühle mich wie ein Teenager, wie wir so über das Bett hin- und herrollen und er meinen Körper abtastet. Er greift mir an den Hintern und die Brüste, und sein Griff ist sanft, aber fest.

Fast zeitgleich beginnen wir uns auszuziehen, und als wir dann beide nackt sind, packt er sich einen meiner Schenkel, hebt ihn hoch und schlüpft mit dem Oberkörper darunter hindurch, zieht mein Becken zu sich hin und versinkt mit dem Kopf in meinem Schoß. Mit seinen Händen streicht er sanft über meine Schamlippen und schiebt sie dann vorsichtig auseinander. Dann fühle ich seine Zunge und beschließe, mich einfach fallenzulassen.

Er hat nicht zu viel versprochen. Sanft und stetig umspielt seine Zunge meinen Kitzler, ich kann mich in diesem Rhythmus treiben lassen. Recht schnell spüre ich, wie kleinere Beben durch meinen Körper gehen. Ich höre mich seufzen, ich atme schneller. Er hört nicht auf. So mancher Mann hätte mich jetzt schon gefragt, ob ich gekommen bin, aber nur weil eine Frau mal ein bisschen stöhnt, ist sie noch lange nicht fertig.

Hendrik lässt sich Zeit. Er fragt nicht, schaut nicht einmal auf, sondern umgreift mit den Händen meine Oberschenkel und hält mich fest, während ich immer heftiger zu beben beginne. Ich kann kaum noch an mich halten, will meine Lust herausschreien, und weil ich denke, dass Selbstbeherrschung jetzt wohl nicht mehr gefragt ist, stöhne ich so laut ich will. Und er macht – Gott sei Dank – trotzdem einfach weiter. Gekommen bin ich noch nicht, obwohl meine Lust so groß geworden ist, dass ich mich winde. Würde er mich nicht festhalten, er könnte nicht weitermachen, so heftig bewege ich mich mittlerweile. In mir baut sich eine wahnsinnige Spannung auf, mein Unterleib ist zum Bersten mit Lust angefüllt, ein riesiger Orgasmus kündigt sich an.

Und er leckt einfach weiter, während ich hechele und nach Luft schnappe. Ich winde mich, als würde mich jemand quälen, und es ist eine wilde Lust, eine süße Qual. Ich kralle mich mit den Händen in die Bettdecke unter mir, um die Spannung zu halten, die sich in meinem Körper aufgebaut hat und sich entladen will.

Und endlich gehe ich in einem Ozean aus Lust unter, die Wogen schlagen über mir zusammen, während er küßt und leckt und lutscht, stetig und rhythmisch, und mein Körper ahnt, dass Hendrik mich nicht im Stich lassen wird. Er wird weitermachen, bis ich gekommen bin, und wahrscheinlich auch noch darüber hinaus. Die Kunst, eine Frau durch den Orgasmus hindurchzuführen, muss man Hendrik nicht erst beibringen. Ich bin mir mittlerweile sicher, dass er erst aufhören wird, wenn ich ihm das Zeichen dazu gebe.

Als ich verstehe, dass ich jetzt wirklich auf meiner Lust reiten kann, wage ich endlich ganz loszulassen. Und ich komme noch einmal, und noch heftiger. Und er hält mich, während ich mich schreiend aufbäume. Er lässt nicht los, lässt nicht locker, leckt einfach weiter, während ich alles herausschreie, was ich jemals im Bett zurückgehalten habe. Und er macht immer noch weiter. In meinem Kopf platzt ein Knoten aus Licht, und ich winde mich in Zuckungen, die mir fast selbst Angst machen. Ich habe völlig die Kontrolle über mich verloren.

Dann lässt die Spannung schlagartig nach und ich sinke schweißüberströmt und schwer atmend in das weiche Bett zurück. Langsam löse ich meine verkrampften Finger von der Decke, in die ich mich festgekrallt hatte.

„Ich bin noch nicht fertig mit dir", murmelt er leise von unten.

Mann Nr. 15

Dietmar (37, 179 cm, 88 kg, NR) ist richtig süß. Er schreibt mir, dass er eine feste Beziehung sucht, denn er möchte eine Familie gründen. Dafür braucht er eine liebevolle Frau.

Als wir uns treffen, spricht er immer nur davon, wie gerne er Kinder haben möchte. Er checkt mein Alter, fragt mehrmals nach, ob ich auch wirklich erst 35 bin, denn er möchte ja nicht nur ein Kind. Er ist auch der Ansicht, dass mollige Frauen mit ihren Kindern liebevoller umgehen, deshalb will er keine dünne Frau.

„Und was willst du?", frage ich ihn. „Ich meine, die Frau muss doch zu dir passen. Immerhin verbringt ihr dann ein halbes Leben miteinander."

„Ach, ich bin nicht so anspruchsvoll", sagt er und schaut traurig. „Ich will nur endlich eine Familie."

Obwohl ich froh bin, dass er so ernsthafte Absichten hat, beschleicht mich ein merkwürdiges Gefühl.

„Würdest du auch eine Frau suchen, wenn du keine Kinder haben wolltest?"

„Ich weiß es nicht. Ich denke aber auch, wenn es nach der Geburt mit dem Sex nicht mehr so gut läuft, dass man dann nicht so streng sein sollte."

„Was meinst du denn damit?"

„Na, die Frau ist doch dann erfüllt, und da wäre es doch nur fair, der Mann dürfte dann ein bisschen woanders seine Befriedigung suchen."

Ich bin sprachlos. Nicht zu fassen.

„Natürlich würde ich immer noch meine Pflicht tun, denn wir wollen ja noch mehr Kinder."

„Pflicht?"

„Ja, immer nur mit der gleichen Frau schlafen, das ist doch langweilig."

Unersättlich

Ralf, den ich zum Abendessen treffe, ist ungefähr 1,85 m groß, blond und kräftig – anders als einen richtigen Kerl kann ich ihn nicht beschreiben. Er ist kompakt gebaut, seine Arme strotzen vor Muskeln, doch er geht nicht ins Fitness-Studio, sondern „schaffen", wie er sagt. Er ist Gartenarchitekt, schleppt mit seinen Arbeitern den lieben langen Tag Erde und Zementsäcke durch die Gegend.

Und er schwört auf die freie Liebe. Er ist verheiratet, seine Frau Rita lebt in ihrer eigenen Wohnung. Beide haben sie mehrere regelmäßige Geliebte beziehungsweise Liebhaber, und dazu schlafen sie noch mit anderen Menschen. Ralf und seine Frau verbringen auch Zeit miteinander, denn sie mögen sich sehr gerne, nur sexuell fühlen sich beide miteinander nicht ausgelastet.

„Bei uns gibt es keine Eifersucht", erklärt er mir, „jeder kann tun und lassen, was er möchte."

Ich bin fasziniert von diesem Lebensstil. Und für alle Beteiligten scheint es zu funktionieren. Nachdem wir bestellt haben, erzählt er mir bereitwillig mehr. „Es ist so, dass ich meiner Frau gar nicht die Abwechslung bieten kann, die sie braucht. Sie ist genauso wie ich sehr freizügig. Wir haben es am Anfang eine Zeitlang monogam versucht. Irgendwann waren wir dann so frustriert, dass wir nur noch gestritten haben."

„Und wie lange lebt ihr schon so?"

„Am 13. November sind es acht Jahre."

„Das ist eine lange Zeit."

„Was ist mit dir? Könntest du dir vorstellen, auch so zu leben?"

„Ich weiß es noch nicht. Bisher war ich immer in einen einzigen Mann verliebt und wollte dann auch nur mit ihm ins Bett."

Er nickt verständnisvoll. Und weil er so nett und offen ist, vertraue ich ihm meinen Plan an, den ich noch nicht einmal meinen Freundinnen erzählt habe. Ich suche zwar eine Beziehung, parallel dazu versuche ich aber so viel Spaß zu haben, wie ich finden kann, probiere Neues aus und mache mir eine schöne Zeit. Denn wenn ich wieder mit jemandem zusammenbin, lebe ich ja wieder monogam.

„Und siehst du, hier liegt der Denkfehler. Du glaubst, wenn du dann in einer Beziehung bist, sind die schönen, aufregenden Zeiten vorbei. Dabei kannst du auch beides gleichzeitig haben."

„Dann müsste ich also nur einen Hauptmann finden."

„Oder mehrere Liebhaber, mit denen du dich regelmäßig triffst, dann bist du auch ausgefüllt."

„Das heißt, du schläfst auch meistens mit den gleichen Frauen?"

„Es gibt zwei, drei regelmäßige Sex-Partnerinnen neben meiner Frau, noch ein paar, die ich so ungefähr einmal im Monat treffe, und dann noch die anderen Frauen."

„Wie oft hast du denn Sex?" Ich bin erstaunt. Wann findet er die Zeit dazu?

„Fast jeden Tag, und meistens auch mehrmals täglich. Falls du dich fragst, ob ich nicht langsam schlappmachen müsste."

„Ich frage mich das wirklich."

„Der Sex hält mich lebendig. Vor allem wenn ich immer wieder neue Frauen kennenlerne." Er streicht sanft über meinen Unterarm, zieht dann seine Hand wieder zurück und wartet ab.

„Das heißt, für dich ist es gleich, ob du mit der Frau nur kurz oder etwas länger etwas laufen hast."

„Nein, ich mag auch die längeren, beständigeren Beziehungen. Sonst wäre ich auch nicht verheiratet. Aber die Aufregung, die Abwechslung tut mir einfach gut."

Mich macht das alles sehr nachdenklich. Und neugierig.

„Das heißt, wenn wir etwas miteinander anfangen würden und ich hätte noch drei Männer nebenbei, das fändest du nicht schlimm?" So ganz kann ich es immer noch nicht glauben.

„Im Gegenteil. Da ich dir nicht alles geben kann, was du brauchst, würde ich mich darüber sehr freuen. Du könntest mir auch davon erzählen, ich höre gerne, was andere so mit dir treiben. Vielleicht lerne ich so auch noch etwas dazu." Er lächelt mich an und widmet sich dann wieder seinem Rumpsteak. Ich halte mich an meiner Gabel fest und kann meine Pizza kaum anrühren. Das ist alles so aufregend.

„Und das sind alles Rubensfrauen?"

„Nein. Ich mag Frauen in allen Formen und Größen. Und Rubensfrauen haben ihren Reiz, glaube mir."

„Welchen?"

„Probiere mich doch aus, dann zeige ich es dir."

Er schenkt mir einen warmen Blick aus seinen hellbraunen Augen. Ich lache peinlich unsicher. Und er, ganz Kavalier, streicht mir wieder über den Arm und sagt: „Du brauchst nicht nervös zu sein. Wir kriegen das schon hin."

♀ + ♂

Ein bisschen muss ich an einen Harem denken, als ich die kleinen Boxen mit den Einsteck-Schildchen in einem Regal im Schlafzimmer sehe.

„Ina", „Marieke", „Natalie" und sogar „Gerda" steht auf den Schildchen, liebevoll mit der Hand aufgemalt.

„Was ist da drin?"

„Ach, ganz unterschiedliche Dinge. Manchmal vergessen sie etwas, oder sie brauchen eine Zahnbürste, andere deponieren frische Wäsche bei mir oder ihre Spielzeuge."

Er tritt nah von hinten an mich heran und legt die Arme um mich, greift sanft an meinen Bauch und massiert ihn. „Hmm", macht er und pustet mir dann in den Nacken.

Ich komme mir ein bisschen bescheuert vor hier zu stehen, vor dem Regal mit den Boxen für die Geliebten dieses Mannes. Ein Hahn im Korb. Aber seine Potenz scheint es nicht zu beeinträchtigen. Ich spüre deutlich seine Erregung an meinem Hintern, und dabei sind wir noch angezogen.

„Keine Sorge, ich werde dich nicht bedrängen. Wir haben Zeit. Ich genieße nur schon mal deinen Körper."

Und er genießt ihn. Streicht an meinen Flanken entlang, beginnt auch sanft meine Brüste zu massieren und meinen Hals zu küssen.

Ich spüre, wie sich auch in mir etwas zu regen beginnt. Meine Knospen reagieren empfindlich auf seine Berührungen, und mir schießt Hitze in den Unterleib. Sachte reibt er seinen Penis an meinem Po.

Langsam zieht er mich aufs Bett, wo wir uns nebeneinanderlegen und er mich küsst, während er mich mit geschickten Händen auszieht. Und ohne dass ich weiß, wie er das gemacht hat, ist er plötzlich auch nackt und presst sich an mich. Sein kräftiger Brustkob fühlt sich unter meinen Händen fest und heiß an, und seine Erektion ist jetzt noch deutlicher zu spüren.

„Lass dich mal führen", murmelt er, „ja?"

Ich komme mir vor wie die unerfahrenste Frau der Welt, aber sein zutrauliches Lächeln sagt mir, dass er weiß, was er tut, und weiß, was er will. Also was soll's. Er hat genug Erfahrung, um eine Frau auszuwählen, mit der er Spaß haben kann, und wenn ich ihm nicht gefallen würde, hätte er sich eine andere für heute Abend mitgenommen.

Er greift mir mit der Hand zwischen die Schenkel und fährt nach oben, bis er meine Venus findet. Sanft tastet er sich bis an meinen Kitzler heran, den er geschickt bearbeitet.

„Gleich werde ich ganz lang und ausdauernd mit dir Sex haben, vertraue mir. Aber erst mal möchte ich dir ein bisschen Freude schenken."

„Als Willkommensgeschenk sozusagen", witzele ich.

Er lacht. „Das gibt es bei mir immer."

Wieder küssen wir uns intensiv, während er meinen Kitzler weiter bearbeitet. Und man muss es ihm lassen, er hat Routine. Es ist fast so, als würde ich es mir selbst machen, er findet genau die Schnelligkeit und den Druck, den ich brauche, und ich komme früher als erwartet.

Ich werde auch etwas lauter dabei, atme tief und heftig. Er macht weiter, bis der Orgasmus ganz abgeklungen ist, und führt meinen Körper dann so, dass ich mit dem Rücken zu ihm liege. Er küsst mir den Nacken, massiert meinen Bauch, meine Brüste, wandert dann zu meinem Hintern und drückt die Backen sanft auseinander, wobei er die obere etwas nach vorne schiebt. Er fühlt nach, ob ich nass genug bin, und dringt dann langsam von seitlich hinten in meine Venus ein. Ich spüre ihn sehr gut. Mit langsamen Bewegungen beginnt er mich zu stoßen. Ein wenig drückt er meinen Oberkörper nach vorne, und ich halte die Spannung dagegen, sodass wir gut miteinander harmonieren.

Er nimmt mich mit ruhigen, bedächtigen Stößen. Ich beginne mich wohlzufühlen in seinem Griff und mit diesem langsamen Rhythmus, es ist ein fast gemütliches Liebesspiel, und meine Lust wächst langsam und stetig. Er stößt und stößt und stößt mich, und so nach und nach spüre ich, wie sich meine Venus zusammenzieht und wieder etwas löst, sich zusammenzieht und wieder löst. Ich fühle ihn tief in mir, sehr tief.

Und er stößt

und stößt

und stößt

und stößt

und stößt

und stößt

und stößt

und stößt

und stößt

und stößt

und stößt

und stößt

und stößt

und stößt

und stößt

und stößt

und stößt

und stößt

und stößt

und stößt

und stößt

und stößt

und stößt

und stößt

und stößt

und stößt

und stößt

und stößt

und stößt

und stößt

und stößt

und stößt

und stößt

und stößt

und stößt

und stößt

und stößt

und stößt

und stößt
und stößt
und stößt
und stößt
und stößt
und stößt
und stößt
und stößt
und stößt
und stößt
und stößt
und stößt
und stößt
und stößt ...

Und da soll mir noch mal jemand erzählen, es gibt keinen vaginalen Orgasmus, denke ich noch, als das Zusammenziehen immer intensiver wird und sich bis in mein Becken fortsetzt. Ich beginne zu beben, und meine Erregung setzt sich weiter in meinen Bauch und meine Brüste fort, sie fühlen sich ganz stramm und fest an, meine Vorhöfe werden extrem sensibel. Er hält eine meiner Brüste locker in seiner Hand, und alleine diese sanfte Berührung macht mich wahnsinnig.

Irgendwann, als ich wieder in einem dieser Beben bin, stößt er fester zu – und ich explodiere. Ich kann nicht anders, als aufzuschreien, als mir die Lust durch den ganzen Körper pulsiert und sich einen Weg nach draußen sucht.

Er zuckt auch und ich spüre, dass er mit dem letzten Stoß auch gekommen ist. Mit geschicktem Griff hält er den Gummi, während er sich aus mir zurückzieht, knotet ihn zu und wirft ihn in einen kleinen Mülleimer, den er unter dem Bett hervorzieht.

Dann umarmt er mich von hinten und hält mich fest, während ich noch einige kleine Nachbeben erlebe. Es fühlt sich sehr schön an, seinen kompakten, warmen Brustkorb im Rücken zu spüren, und ich schmiege mich eng an ihn. Er reibt seine Nase an meinem Nacken und gibt mir einen zarten Kuss.

„Gib mir eine halbe Stunde, dann wiederholen wir das."

„Das ist nicht dein Ernst."

„Klar doch."

„Und deine Frau? Willst du heute nicht mehr zu ihr?"

„Nein. Heute ist Alexander bei ihr. Den solltest du mal kennenlernen. Er würde dir bestimmt gefallen."

Mann Nr. 16

Wir (Karsten, 41, 182 cm, 90 kg, und ich) sitzen bei einem Glas Wein und unterhalten uns angeregt. Sein Lieblingsthema sind Beziehungen, und er hat schon einige hinter sich gebracht und Erfahrungen gesammelt. Ich freue mich darüber, dass wir uns so schön austauschen, und er streift ab und zu meinen Arm mit seinem. Es knistert regelrecht, und mir wird ganz warm. So ein sympathischer, offener Mann.

„Ich würde dich gerne einmal vorführen, wenn du magst, Isabella", sagt er dann.

„Vorführen?"

„Ja, im Club."

Ich ziehe meine Hand weg.

„Ich bin doch keine Prostituierte."

„Ich meinte ja auch einen Swinger-Club."

„Einen Swinger-Club? Wie kommst du denn jetzt darauf?"

„Ich bin mit jeder meiner Partnerinnen regelmäßig in den Club gegangen."

Und deshalb haben deine Beziehungen so lange gehalten, denke ich zynisch.

Doch er erzählt. Macht es mir schmackhaft. Wie begehrenswert ich bin, und wie sehr mich die anderen Männer dort anbaggern würden, dass ich die freie Auswahl hätte, dass ich ausprobieren könnte, was immer ich wollte – irgendjemand würde es bestimmt mitmachen. Es gäbe einen Whirlpool, ein Buffet. „Du kannst essen und trinken, so viel du willst."

Das klingt natürlich nach einem ausschweifenden Gelage.

„Du wärst die Attraktion", schließt er seine Schilderungen ab.

„Attraktion?"

„Nun ja, viele Männer wollen mal wissen, wie es ist, eine Dicke zu ficken."

„Und du, weißt du, wie das ist?"

„Ja natürlich."

„Aber eigentlich magst du die schlanken Frauen?", schieße ich ins Blaue.

„Natürlich. Aber die Dicken sind zur Abwechslung immer mal gut. Die sind so schön griffig."

„Na hör mal, ich bin doch keine ‚Abwechslung' oder eine Zirkusnummer."

„Ach komm, jetzt sei doch nicht gleich beleidigt."

„Da kommt man sich ja vor wie eine Frau zweiter Wahl – da gibt es die schlanken Frauen, und dann noch die dicken zur Abwechslung."

Er schweigt. Ich nehme das als Bestätigung meiner Vermutung und gehe. Mir ist zum Heulen zumute.

Ich bin auch ein Mensch, verdammt nochmal, und ich habe auch Gefühle. Was denkt dieser Kerl sich nur? Ich atme noch ein paarmal tief durch und beschließe doch nicht zu weinen. Denn ich muss mir seine Sichtweise nicht zu eigen machen. Und so gehe ich zwar schweren Herzens, aber aufrechten Hauptes nach Hause.

Die Gespielin

Als ich Alexander anrufe – ich nehme meinen ganzen Mut zusammen, obwohl Ralf mir versichert hat, dass man ihn einfach anklingeln kann –, hebt niemand ab. Irgendwie bin ich erleichtert. Vor wenigen Nächten erst hat mich Ralf dreimal abends und zweimal morgens beglückt, und die Tiefe seiner Stöße und die Intensität meiner Orgasmen haben mich so sehr befriedigt, dass ich an Sex gar nicht mehr gedacht habe. Als Ralf mir dann Alexanders Nummer per SMS schickte, erinnerte ich mich erst wieder an unser Gespräch über Alexander, den Liebhaber seiner Frau Rita.

Ein bisschen schäme ich mich. Ich habe eine Affäre mit einem verheirateten Mann begonnen, und obwohl seine Frau das alles weiß und selbst so frei lebt, ist es mir doch nicht ganz geheuer.

Was soll ich Alexander sagen? Schöne Grüße vom Ehemann der Frau, die du vor drei Nächten beschlafen hast, während ich mich von ihm habe begatten lassen? Hallo, ich will dich auch mal ausprobieren? Eine bescheuerte Situation.

Alexander ruft eine halbe Stunde später zurück. Er grüßt mich freundlich, und seine warme Stimme schenkt mir Zutrauen. Ich erkläre ihm, woher ich seine Nummer hatte, und er antwortet prompt: „Ach du bist das. Wie schön."

Ich stutze. Was hat Ralf von mir erzählt?

„Du bist die leidenschaftliche Genießerin, die Ralf angekündigt hat."

„Wirklich? Das hat er über mich gesagt?"

„Er ist begeistert von dir."

„Ich bin eher so etwas wie eine Anfängerin", stammele ich unbeholfen. Hatte Ralf mich verwechselt?

„Dann bist du ein Naturtalent", lacht er.

„Vielleicht hat Ralf da ein paar Namen durcheinander gebracht."

„Ganz sicher nicht. Du bist die Rubensfrau von vor-vorgestern Nacht."

„Ja."

„Siehst du. Er hat dich nicht verwechselt."

„Über dich hat er gar nicht viel erzählt, außer ..." Ich zögere. Wie formuliere ich das am besten?

„Dass ich einer der Liebhaber seiner Frau bin", hilft er mir auf die Sprünge.

„Für mich ist das alles noch neu."

„Ich finde es ganz süß, dass du so schüchtern bist."

„Wirklich?"

„Ja klar. Ich erzähle dir keinen Unsinn, das brauche ich nicht. Ich habe genügend Frauen, ich muss niemandem etwas vormachen."

„Auch Rubensfrauen?"

„Natürlich! Das lasse ich mir doch nicht entgehen."

„Darf ich dich etwas fragen?"

„Nur zu, frag mich alles, was du willst."

„Was findest du denn gut an dicken Frauen?"

„Diese üppige Sinnlichkeit, die Fröhlichkeit, die Freude, die sie am Sex haben. Diese unbefangene Art ist bei schlankeren Frauen eher selten."

Ich denke an meine Freundinnen, die schlanker sind, und ich kann sie mir beim besten Willen nicht im Bett vorstellen. Wie waren sie so? Hatten sie Spaß? Das wäre mal ein Thema für meinen nächsten Mädels-Abend. Über Männer sprechen wir häufig, aber über Sex eigentlich nie. Nur mit meiner besten Freundin Tanja kann ich über alles reden, sie nimmt kein Blatt vor den Mund und hat Verständnis für so ziemlich alles, was man nicht nur im Bett machen kann.

„Du brauchst keine Komplexe haben, Liebes", sagt er sanft.

„Mich verunsichert das", gebe ich zu. „Meine Ex-Freunde standen alle nur auf dicke Frauen, an dünnen Frauen waren sie gar nicht interessiert. Ich dachte, Männer stehen entweder auf dick oder dünn."

Alexander lacht. „Wie andere Männer sind, kann ich dir nicht sagen. Aber meine Erfahrung ist die, dass man offener wird, wenn man den Sex vom Kopf in den Körper holt. Solange die Triebe unterdrückt werden, hat man alle möglichen Vorstellungen davon, was einen antörnen würde. Sobald man sich von diesen Vorstellungen befreit, entdeckt man völlig neue Welten. Ich reagiere jetzt mit dem Körper, mit allen Sinnen auf Frauen. Und deshalb kann ich die verschiedensten Frauen schätzen. Und letztlich kommt es doch auf die Chemie an, stimmts?"

„Ja. Weißt du, was mich auch interessiert?"

„Sag es mir."

„Warum dachte Ralf, wir beide sollten es mal miteinander versuchen?"

„Er kennt meinen Geschmack, nehme ich an. Und deinen kennt er jetzt vermutlich auch."

„Er ist ja ein richtiger Kuppler."

„So kann man es auch nennen. Wir wollen ja alle maximalen Spaß haben, und da wäscht eine Hand die andere."

„Kein Konkurrenzdenken?"

Alexander lacht wieder, ein herzhaftes, tiefes Lachen. „Nein. Jeder hat seine Vorlieben und Vorzüge. Was sind deine Vorlieben, wenn wir gerade beim Thema sind?"

„Bisher habe ich noch nicht allzu viel ausprobiert."

„Was möchtest du denn mal ausprobieren?"

Ich werde wieder unsicher.

„Oder was hältst du davon", wendet er das peinliche Schweigen ab, „wir treffen uns zum Kaffee, dann lernst du mich erst mal kennen. Und wenn die Chemie wirklich stimmt, wovon ich ausgehe, dann mache ich dir ein paar Vorschläge, und du kannst frei entscheiden. Es gibt keinen Zwang, keinen Druck, okay?"

„In Ordnung, das hört sich gut an. Ich fürchte aber, ich bin doch noch ziemlich verklemmt im Vergleich zu dir."

„Nicht mehr lange", erwidert Alexander selbstbewusst.

♀ + ♂

Einen Tag später rühre ich in einem heißen Kakao mit Sahne und halte Händchen mit Alexander. Er sieht aus wie ein Sozialpädagoge mit seinem Vollbart und der runden Brille. Er hat schulterlange, leicht gelockte schwarze Haare und dunkelbraune Augen, die gütig funkeln.

„Ist doch alles in Ordnung", sagt er sanft und streicht mit seinem Daumen zart über meinen Handrücken.

Er macht mich nervös, viel nervöser als Ralf oder Hendrik. Vielleicht weil er mich dazu einlädt, etwas auszuprobieren, was ich noch nie zuvor getan habe. „Möchtest du mal Analverkehr machen? Ich bin auch ganz vorsichtig. Ich könnte dich auch fesseln. Oder du mich."

Seine Augen leuchten.

„Möchtest du dich mal völlig ausliefern, mit Augenbinde und ans Bett gefesselt? Oder mal einen Dreier machen mit noch einer Frau? Noch einem Mann?" Er streichelt weiter meine Hand, während er vor Ideen übersprudelt. „Im Freien. Oder im Auto. Im Kino während der Vorstellung. Im Bus oder in der Straßenbahn."

Ich denke nach. Eigentlich grübele ich schon seit gestern darüber, was ich denn schon immer mal ausprobieren wollte, aber so manches traue ich mich einfach nicht umzusetzen mit jemandem, den ich so kurz erst kenne.

„Ich überfordere dich gerade, oder?"

„Es ist ein bisschen wie in einem Süßwarenladen und ich kann mich nicht entscheiden.", sage ich höflich. „Und zugegeben, die Fesselspiele machen mir Angst, weil ich dich ja noch gar nicht kenne."

„Aber Lust darauf hattest du schon mal."

Ich nicke, und ich glaube, ich werde auch rot. Wie

peinlich, ich bin über dreißig und kann mich nicht einmal offen über mein Sexualleben unterhalten.

„Du hast dich nicht getraut, es deinem Partner zu sagen?"

Ich nicke wieder.

„Und was ist mit Analverkehr? Schon mal ausprobiert?"

„Das wollte er dann schon", sage ich verlegen. Und vermutlich erröte ich wieder, denn Alexander zieht mich an sich heran und gibt mir einen Kuß auf die Wange. „Du bist echt süß", flüstert er mir ins Ohr und entlässt mich wieder aus seiner Umarmung.

Und ich stelle fest, ich finde Alexander auch süß. Oje.

„Ich habe das ein oder zweimal ausprobiert, und es war mir unangenehm, da habe ich es wieder gelassen."

„Lass mich raten, dein Partner hatte wenig Erfahrung damit."

„Nein, aber er hatte vorher etwas mit einer Frau, die Analverkehr liebte."

„Okay, dann war er von seiner Ex gewohnt, er muss einfach ein bisschen fummeln und dann kann er eindringen. Das ist so einfach aber nicht immer."

Ich zucke ratlos mit den Achseln.

„Am besten können das die Männer, die selbst schon mal einen Schwanz oder Dildo hintendrin hatten", erklärt er mir. „Dann weiß man, wie sich das anfühlt."

„Hast du das denn schon gemacht?"

„Na klar."

„Ich komme mir im Gegensatz zu dir unerfahren und verklemmt vor, wirklich. Ich weiß gar nicht, ob du mit mir Spaß haben könntest."

Es ist noch schlimmer. Ich fühle mich wie der letzte Loser.

„Das glaube ich nicht, Liebes", sagt Alexander und führt meine Hand an seine Lippen, um einen Kuß daraufzuhauchen. Schade, dass er so ein Weiberheld ist, denke ich. In Alexander könnte ich mich glatt verknallen.

„Was Analverkehr betrifft, möchtest du vielleicht auch erst mal wissen, wie ich so im Bett bin und ob du dich mir anvertrauen kannst."

Ich nicke. „Da bleibt uns nur Blümchensex", sage ich und rechne mit einem enttäuschten Gesicht. Doch er lacht fröhlich. „Was heißt denn ‚nur'? Sex macht doch immer Spaß."

„Das beruhigt mich."

„Glaube mir, Süße, ich bin mächtig scharf drauf, dich flachzulegen, von vorne, von hinten, von der Seite, egal wie. Du bist so schön natürlich und üppig und hast Temperament. Ich freue mich sehr auf den Sex mit dir."

Ich muss ihn irgendwie zweifelnd angesehen haben, denn er nimmt wieder meine Hand nach oben, küsst aber diesmal mein Handgelenk an der Innenseite und setzt dann schnelle, kleine Küsse meinen Unterarm entlang bis in meine Armbeuge.

Dann schaut er mich fragend an.

„Okay", sagte ich schließlich.

„Sollen wir zu dritt starten, würde dich das lockerer machen?"

„Zu dritt?"

„Ja, mit noch einer Frau. Dann könnten wir dir auch zeigen, wie es anal funktioniert. Vielleicht verlierst du dann deine Hemmungen. Du hättest auch noch die Sicherheit, dass jemand dabei ist. Falls ich ein ganz Gefährlicher bin." Er zwinkert mir zu.

„Eine Anstandsdame sozusagen", witzele ich.

„Na, das hoffentlich nicht", lacht er. Sein Lachen klingt wirklich schön, es ist tief und rollend und herzlich.

Aber dennoch ist mir unbehaglich bei seinem Vorschlag. Eine zweite Frau. Was, wenn sie schlanker und schöner und besser im Bett ist als ich? Alle Komplexe, die ich jemals hatte, tauchen wieder in meinem Kopf auf. Ausgerechnet jetzt. Und dann sagt er auch noch: „Ach, da ist ja schon Rita."

Rita heißt doch die Frau von Ralf? Hat Alexander

etwa die ganze Zeit darauf hingearbeitet, dass wir am Ende zu dritt im Bett landen? Irgendwie fühle ich mich gerade sehr unwohl.

„Ich will euch nicht stören", sagt Rita und reicht mir lächelnd die Hand. „Alexander, hier ist dein Kalender. Ich habe ihn heute Morgen erst gefunden."

„Siehst du, ich wusste doch, ich habe ihn bei dir vergessen."

„Na, im Eifer des Gefechts ...", deutet sie an, und beide grinsen.

„Setz dich doch kurz zu uns", sagt Alexander, „ich habe gerade Isabella einen Dreier vorgeschlagen, aber sie sieht so aus, als hätte sie mächtig Zweifel an dieser Idee."

„Aber warum denn?", fragt Rita und sieht mich besorgt an.

„Ähm", mache ich nur. Rita ist hübsch, finde ich. Sie ist schlank, hat große Brüste und schulterlange blonde Haare in einer Art Pagenschnitt. Ihre Hände sind feingliedrig, und sie trägt einen Ehering, es ist der gleiche wie der von Ralf. Sie sieht aus wie eine ganz normale, gepflegte Frau Ende dreißig.

„Jetzt sag bloß nicht, wegen deinen paar Kilos mehr. Du bist doch eine sinnliche Frau." Sie mustert mich von oben bis unten.

„Ein bisschen erinnert sie mich an Mary", sagt Alexander.

Und Rita nickt, sie bleibt mit dem Blick an meinem Ausschnitt hängen. „Oja, Alexander, da sagst du was."

„Du weißt gar nicht, wer Mary war, stimmt's?"

„Sie war meine Geliebte", sagt Rita und sieht ein bisschen traurig aus. „Bis sie nach London zurückging."

Mir steht der Mund offen.

„Eine üppige Göttin", schwärmt Alexander, „und keiner von uns Jungs durfte ran."

„Rein lesbisch", sagt Rita und grinst Alexander frech an.

„Du hast noch keine Erfahrungen mit einer anderen Frau?", fragt Rita mich dann interessiert.

„Ich wüsste gar nicht, was ich mit einer Frau im Bett anstellen sollte."

„Nein? Aber was machst du denn dann mit dir selbst? Masturbierst du denn nicht?"

Wenn meine Freundinnen dieses Gespräch mithören würden, sie wären spätestens jetzt am Kichern, und Carina hätte schon längst das Wohnzimmer in Richtung Küche velassen, um dort hektisch Geschirr zu spülen.

„Doch, ich masturbiere schon manchmal", sage ich, und mir schießt wieder die Schamesröte ins Gesicht. Darüber habe ich noch nie mit jemandem gesprochen, und jetzt sitze ich hier in einem Café und vertraue dies wildfremden Menschen an.

„Die ist ja süß", sagt Rita zu Alexander, „die würde ich am liebsten zu mir mitnehmen."

„Nicht ohne mich!", protestiert der.

♀ + ♂ + ♀

„Willkommen in meinem Reich", sagt Rita und streicht mir sanft über den Rücken. Alexander zieht mich an der Hand in ihre Wohnung hinein, er hält sie immer noch, den ganzen Weg vom Café bis hierher hat er sie nicht losgelassen. Es ist, als wollte er mir Sicherheit geben. Ich fühle mich sehr wohl mit Alexander, und auch Rita ist mir sympathisch. Aber ich war noch nie mit einer Frau im Bett. Ich bin mir unsicher, aber wahnsinnig neugierig.

„Was wollt ihr trinken?", fragt sie und deutet auf einen Mini-Kühlschrank im Wohnzimmer, der mit Getränken aller Art gefüllt ist. „Und Alexander, den Kalender brauchst du heute gar nicht mehr unters Sofa zu schieben. Leg ihn in deine Box, dann weiß ich wenigstens, wo ich suchen muss, wenn du ihn vergisst."

Und tatsächlich steht auch bei ihr ein kleines Regal mit Boxen im Schlafzimmer, in das mich Alexander hineinzieht. Rita hat ein Riesenbett, und er schubst mich einfach darauf, legt sich auf mich und küsst mich auf den Mund.

„Ich weiß gar nicht, was ich mit ihr machen soll", vertraue ich ihm flüsternd an.

„Die Frage stellt sich doch gar nicht, Liebes", flüstert

er in mein Ohr. „Du bist unser Gast. Lass dich doch einfach von uns vernaschen."

„Ich habe Angst, etwas falsch zu machen oder ihr wehzutun."

„Du kannst nichts falsch machen. Vertraue uns, wir machen das schon."

Und da kommt Rita auch schon ins Schlafzimmer, sie trägt jetzt ein schwarzes Negligé und hält zwei Sektgläser in der Hand, wovon sie eines mir reicht. Dann entzündet sie einen Leuchter mit Kerzen, auch hat sie Kerzen auf dem Nachttisch und dem Regal, die sie alle entzündet. Sie macht die Lampe aus, und alles ist in Kerzenschein getaucht. Alexander rollt sich von mir und setzt sich ans Kopfende, ich setze mich vor ihn und werde von ihm umarmt, während ich munter mit Rita Sekt trinke und plaudere. Ab und an küsst er mich in den Nacken, und leichte Schauder gehen mir über die Haut.

„Ihr seid beide so wunderbar", wirft er ein, als wir beide einmal kurz schweigen, „ich habe so ein Glück."

Rita nimmt mir das leere Glas aus der Hand und stellt es zu ihrem auf den Nachttisch. Dann krabbelt sie zu mir herüber. Ich sitze im Schneidersitz vor Alexander, und sie, zart und schlank, wie sie ist, richtet sich auf und rutscht mit weit geöffneten Schenkeln auf mich. Alexander greift um uns beide herum, und so halten wir uns einige Sekunden.

Alexander beginnt Ritas Rücken zu streicheln, und sie küsst mich auf den Mund. Sie hat zarte, weiche Lippen. Sie greift mir sanft an die Brüste, stöhnt leicht auf und beginnt mit der Zunge an meinen Lippen zu spielen. Und dann knutsche ich das erste Mal in meinem Leben mit einer Frau.

Alexander zieht Ritas Negligé ein wenig nach oben und ich bekomme Lust, ihre Schenkel zu berühren. Also streichele ich ihr über die zarte Haut und fühle die Weichheit ihres Körperflaums, das ist ganz anders als bei einem behaarten Männerbein. Ich streichele weiter in Richtung ihres Hinterns, greife nach ihren strammen Pobacken. „Oja", sagt sie. Ich bin also auf dem richtigen Weg.

Wir knutschen mittlerweile wie wilde Teenager, und ich fühle Alexanders Hände, die sich zwischen uns mengen. Er beginnt meine Bluse aufzuknöpfen. Rita hilft ihm, und als sie geöffnet ist, küsst sie meinen Hals, mein Dekolleté und arbeitet sich dann zu meiner linken Brust vor, indem sie den BH nach unten zieht. Alexander assistiert ihr, indem er ihn öffnet und abstreift. Rita umspielt mit der Zunge meine Knospe, während Alexander meine andere Brust massiert. Obwohl ein Knistern in der Luft liegt, ist die Stimmung total entspannt.

„Das ist das Paradies", murmele ich.

„Sage ich doch", flüstert Alexander mir in den Nacken.

Rita beginnt nun fester an meinem Nippel zu knabbern, und mir fährt die Lust von den Brüsten in den ganzen Körper, meine Haut wird aufmerksam und gespannt, von überall können Berührungen kommen, und dann ist Alexander auch schon mit der Hand in meiner Hose.

„Nein", sagt Rita, „ich will sie zuerst haben."

Alexander zieht seine Hand zurück, während Rita ein Stück zurückrutscht und mir die Hose öffnet. Ich streichele ihr über den Hintern, er ist nackt. Ich traue mich noch nicht, sie vorne zu berühren. Wie fühlt sich eine andere Frau an? Ich würde auch gerne ihre Brüste anfassen.

Als ich ganz nackt bin, streift sich auch Rita das Negligé über den Kopf und setzt sich dann breitbeinig auf meine Hüften. Sie hat helles Schamhaar und große Brüste, die ich auf meinen spüre, als sie sich nach vorne beugt, um mich zu küssen. Sie fühlen sich ganz zart und warm an, und ich wage es jetzt doch, sie zu streicheln. Rita bebt leicht, und ich nehme ihre Brüste ganz in meine Hände. Sie sind so weich, so wunderbar weich.

Rita hat sich ein wenig aufgerichtet und genießt meine Berührungen, sie hat die Augen geschlossen und den Kopf nach hinten geneigt. Alexander massiert währenddessen meine Brüste und spielt sachte mit meinen Knospen.

Ich will mehr von ihr spüren und streichele Ritas Flanken entlang nach unten und wandere dann mit meiner Hand zu ihrer Venus. Sie stöhnt leise auf, als ich ihren

Kitzler finde und sanft mit dem Daumen darüber reibe.

Sie bewegt sich wiegend auf mir, während ich weiter ihren Kitzler bearbeite. Sie nimmt ihre Arme nach oben und wuschelt sich mit den Händen durchs Haar, schüttelt den Kopf. Ihre Augen hält sie immer noch geschlossen, ihr Mund ist leicht geöffnet und ihre Knospen stehen prall und hart nach vorne. Es ist schön, ihr dabei zuzusehen, wie sie genießt, und ich mache einfach weiter. Ihre Haut ist fast golden und an den Brüsten und am Bauch ein wenig heller, sie bewegt sich in weichen, rhythmischen Bewegungen auf mir und ich fühle, wie sie immer feuchter wird.

Sachte fahre ich mit zwei Fingern vom Kitzler weiter nach unten und ertaste ihre Pforte. Ganz vorsichtig führe ich zwei meiner Finger in sie ein. Ein wenig habe ich Angst sie zu verletzen, vielleicht mit meinen Fingernägeln, aber sie sieht unverändert genießerisch aus, also fahre ich noch tiefer in sie hinein. Es ist heiß und nass. Langsam fahre ich wieder aus ihr heraus und nach oben, wende mich wieder ihrem Kitzler zu. Sie bewegt sich noch etwas mehr, wiegt sich hin und her, während sie ein leises Stöhnen von sich gibt. Ich mache weiter, bin gespannt auf ihre Reaktionen.

Alexander streckt seine Arme nach ihr aus, und sie stützt sich mit den Händen gegen seine Hände, damit sie sich besser halten kann.

Irgendwann zuckt sie, stöhnt etwas lauter auf und fällt dann in sich zusammen. Alexander fängt sie ab, und dann nehme ich sie in den Arm. Sie küsst mich, und ich genieße ihren heißen, geschmeidigen, satten Körper auf mir.

Dann rollt sie sich neben mich und lächelt mich an. Streicht über meine Brüste, meinen Bauch, und auch Alexander streichelt mich am Hals, an den Brüsten, und ich genieße es einfach, so in seinen Armen zu liegen und mich von vier kundigen Händen verwöhnen zu lassen.

„Komm, lass dich fallen", haucht Alexander mir ins Ohr und greift unter meine Knie und zieht sie nach oben. Gleichzeitig schiebt er sie auseinander, bis ich mit weit gespreizten Beinen daliege. Mir bleibt nichts anderes übrig, als mich in dieser Haltung mit dem Oberkörper gegen seinen Brustkorb zurücksinken zu lassen.

Rita setzt sich jetzt vor mich auf ihre Fersen und beginnt ein geschicktes Fingerspiel an meinen Schamlippen und meinem Kitzler, und ich bin in Windeseile so nass, dass ich meine Beine noch weiter auseinandernehme und ihr gierig meine Venus entgegenstrecke. Ich will ihre Berührung, und als sie etwas in mich hineinschiebt, zucke ich vor Lust zusammen. Es ist nicht ihre Hand, sondern etwas Hartes, Festes. Dann höre ich ein leises Klicken, und es vibriert in mir.

Ich spüre, wie meine Venus sich fest um den Vibrator schließt, sie alles spüren will, und ich beginne mein Becken rhythmisch zu bewegen.

„Du brauchst jetzt Alexander, glaube ich", sagt sie kurz darauf zärtlich.

Der setzt vorsichtig meine Füße ab, sodass ich mit aufgestellten Beinen und dem rotierenden, summenden Vibrator in mir daliege, den Rita sanft in mich hinein und wieder herausschiebt. Langsam lässt Alexander nun auch meinen Oberkörper nach unten aufs Bett gleiten und steht auf. Er zieht sich aus, streift sich ein Kondom über sein erigiertes Glied und tauscht den Platz mit Rita. Er hat einen schönen, festen Oberkörper mit viel Brusthaar. Er hat einen dicken, prallen Bauch und sieht sehr lüstern und animalisch aus, und ich sehne mich danach, dass er in mich eindringt. Er zieht den Vibrator heraus und reizt meine Klitoris und die Schamlippen mit der Spitze seines Schwanzes. Ich zucke vor Lust zusammen, recke mich ihm willig entgegen, und dann, endlich, legt Alexander sich auf mich und dringt langsam in mich ein.

Ich bin so erregt, dass ich mich in seine Oberarme kralle. Sein Penis ist hart, prall und dick, ich spüre ihn sehr deutlich, und als er sich in mir zu bewegen beginnt, reißt es mich mit. Seine Stöße sind langsam und durchdringend. Er küsst mich immer wieder, und ich erwidere es gierig.

Ich nehme meine Hände neben meinen Kopf, und er verschränkt seine Finger in meinen, während er mich weiter stößt. Er wird immer schneller und fester, und als ich laut zu stöhnen beginne, stößt er ein paarmal so hart zu, dass ich mich unter ihm aufbäume und heftig komme.

Er bleibt noch in mir und küsst mich, während ich weiter bebe und zucke. Er löst sachte seine Finger aus den meinen und umarmt mich. Ich schlinge meine Arme um ihn, und so liegen wir eine Weile.

Als er sich langsam aus mir zurückzieht, bemerke ich, dass sein Penis immer noch so prall und hart ist wie zu dem Zeitpunkt, als er in mich eingedrungen ist.

Mit geschicktem Griff löst Rita den Gummi und zieht ihm einen neuen über. Dann kniet sie sich vor ihn, beugt sich nach vorne und stützt sich auf die Ellbogen. Sie streckt Alexander ihren Hintern entgegen, der sofort in sie eindringt. Er packt sie an der Hüfte und stößt sie ziemlich fest. Sie stöhnen beide. Er reißt sie an den Haaren, und sie gibt tiefe Laute von sich. Zwischendurch klatscht er mit der flachen Hand auf ihren Hintern, und sie ruft: „Ja! Ja!" Und dann kommen sie auch beide schon laut stöhnend, er zieht sie währenddessen fest an sich und entlädt sich zuckend in ihr.

Später liegen wir alle zusammen in dem großen, gemütlichen Bett. Alexander hat jede von uns in einem Arm. „Demnächst kriegst du mal einen zweiten Mann dazu, Liebes", sagt er zu mir und küsst mich auf die Stirn.

„Aber ich will dich auch mal für mich allein, Isabella", sagt Rita. „Ich habe noch viel mit dir vor." Ihre dunkelblauen Augen flackern im Schein der Kerzen.

Mann Nr. 17

Andy (34, 178 cm, 75 kg, NR, sportlich) und ich schreiben viele E-Mails, SMS und telefonieren auch miteinander. Ich schicke ihm zwei aktuelle Fotos von mir, auf einem bin ich von Kopf bis Fuß zu sehen. Natürlich sind es Fotos, auf denen ich gut getroffen bin, trotzdem sehen sie realistisch aus.

Als Andy aus dem Zug steigt und mich sieht, versteinert sein Gesicht.

„Was ist denn los?", frage ich besorgt.

„Na ja, du hattest doch geschrieben, du bist eine Rubensfrau."

„Ja. Und hier bin ich." Ich versuche ein selbstbewusstes Lächeln.

„Na, ich dachte, Rubensfrauen, die haben so 80 oder 90 Kilo auf den Rippen und sind schön griffig. Aber du bist ja richtig adipös."

Adipös. Na danke. Es mag ja der richtige medizinische Begriff sein, aber was möchte denn der muskulös gebaute, braungebrannte Andy mir damit sagen?

„Heißt das, ich bin dir zu dick? Ich hatte dir doch ein Foto geschickt."

„Da habe ich wohl nur auf die Titten geschaut."

„Titten?"

Er widert mich an. Ich drehe mich um und gehe. Wegen solcher Männer haben wir Frauen Komplexe, denke ich noch. Wegen solch oberflächlichen Idioten.

„Hey, das war doch nicht böse gemeint." Er läuft tatsächlich noch hinter mir her.

„Es ist einfach nur so, dass ich das für meinen Kick brauche, dass die Frau gut aussieht."

Er berührt mich sachte an der Schulter, ich schüttele es ab.

„Jetzt habe ich wieder etwas Falsches gesagt", höre ich ihn noch sagen, als ich das Gleis verlasse und Richtung Ausgang gehe.

Konkurrenz belebt das Geschäft

Am Montag gehe ich gut gelaunt zur Arbeit – seit Langem endlich mal wieder. Mein Körper fühlt sich einfach gut an, ich wurde von Alexander am Wochenende wieder stundenlang massiert, liebkost und in den siebten Himmel gestoßen ... Was braucht frau mehr, um beschwingt die Kaffeemaschine anzuschalten, noch bevor die Kollegen ankommen, ein wenig Gebäck im Pausenraum schön herzurichten und summend den Computer einzuschalten.

Ich bin selten so befriedigt gewesen. Bei jedem Schritt, den ich tue, fühle ich, wie sich mein Becken bewegt, und ich bin in meinen Augen die sinnlichste, begehrenswerteste Frau der Welt. Nun, ich weiß, das ist der Überschwang, eine gute Laune, die schnell vorübergehen kann. Aber ich genieße es. Sehe in den Spiegel am Waschbecken und werfe mir eine Kusshand zu.

Als die Kollegen eintreffen, habe ich schon Unmengen E-Mails weggearbeitet. Wenn ich gefragt werde, ob ich denn verliebt sei, ich hätte so gute Laune, zucke ich nur vielsagend mit den Achseln und überlasse die Spekulationen Anne und Sandy, die ohnehin über alles tratschen. Heute ist es dann nicht, ob ich es mir bei meinem Gewicht erlauben konnte, auch eng anliegende Oberteile zu tragen. Heute geht es um das Thema: „Wie hat sie es geschafft, einen Mann zu finden, der sie so glücklich macht, wo sie doch so dick ist?"

Ich genieße es, dass sie sich ärgern. Ich genieße es, mich als üppige, sinnliche Frau und nicht als „die Dicke" zu fühlen. Und dass ich üppig und sinnlich bin, habe ich doch jetzt zur Genüge bewiesen.

In der Pause gehe ich pfeifend und mich in den Hüften wiegend aus dem Haus und kehre pünktlich und vor mich hinsummend wieder zurück an meinen Schreibtisch.

Und es kommt, wie es kommen muss. Mein Chef Carl bittet mich in sein Büro. Er ist Mitte vierzig, und wir haben uns bisher auf sachlicher Ebene gut verstanden. Er weiß, ich bin gründlich, denke mit und erledige prompt alle Arbeitsaufträge, die er mir gibt. Auf seinem Schreibtisch stand lange Zeit ein Foto von seiner Frau, seinen zwei Kindern und einem riesigen Labrador, doch seit etwa einem halben Jahr ist das Foto nicht mehr da. Stattdessen ist Carl mürrisch, in seltenen Momenten starrt er auf den PC, ohne etwas einzugeben, manchmal bekommt er es überhaupt nicht mehr mit, dass man im Raum ist. Mir tut er leid, und da er mich nie schlecht behandelt hat, bleibe ich immer fröhlich und freundlich, wenn ich mit ihm zu tun habe.

Und ich erinnere mich natürlich auch immer gerne an den Anblick seines nackten Oberkörpers, als er sich damals im Büro umzog. Die festen, geschmeidigen, muskulösen Oberarme, der Sixpack am Bauch, der Flaum schwarzen Haars, der vom Bauchnabel bis zum Bund seiner Hose eine feine Spur zog.

„Isabella, können Sie kurz in mein Büro kommen?"

Ich nehme meinen Block und einen Stift und gehe los. Ich weiß, dass Anne, die im gleichen Raum sitzt, jetzt grinst, weil sie hofft, ich bekomme den gleichen Ärger wie sie letztens, als sie einen Kunden unfreundlich behandelt hat. Aber ich habe viel zu gute Laune, um mir Gedanken über mögliche Fehler zu machen. Munter gehe ich in Carls Büro und schließe die Tür hinter mir.

Er deutet auf einen Stuhl und ich setze mich, lächele ihn an. Den Stift gezückt, warte ich auf seine Anweisungen. Doch er sieht mich nur mit seinen grauen Augen an, reibt sich über das unrasierte Kinn. Erst jetzt fällt mir auf, dass sein Hemd zerknittert ist.

„Soll ich Ihnen erst einmal einen Kaffee holen? Ich habe auch Teilchen aus der Bäckerei mitgebracht, vielleicht ist noch eins übrig."

„Sie waren heute schon sehr früh da, Isabella."

„Haben Sie das etwa mitbekommen?" Ich werde hochrot. Ich hatte gedacht, ich wäre alleine da, und gelacht und gesungen, während die Kaffeemaschine durchlief.

„Ja", sagt er und lächelt milde. „Ich möchte Ihnen alles Gute wünschen, falls Sie verliebt sind."

„Oh, ich weiß nicht, ob ich verliebt bin", sage ich ehrlich, und sehe zu spät, wie er stutzig wird. Er sieht mich wieder durchdringend an. Hoffentlich zieht er nicht die richtigen Schlüsse, denke ich verzweifelt. Er ist mein Chef, was soll er von mir denken.

„Ich nehme einen Kaffee. Sie wissen ja, wie ich ihn mag."

Sofort stehe ich auf und lege Stift und Block auf dem Stuhl ab. Als ich mich wieder hochbeuge, nehme ich wahr, dass er mir in den Ausschnitt geschaut hat. Ich suche seinen Blick. Er hält ihn. Schnell drehe ich mich um und verlasse sein Büro, gehe mit gesenktem Kopf in den Pausenraum und hole meinem Chef eine frische Tasse Kaffee mit zwei Stück Zucker, wie er es mag.

Auf dem Rückweg sehe ich Anne mit Sandy flüstern, aber sollen sie doch lästern, was das Zeug hält. Auch wenn ich mit gesenktem Kopf gehe, als hätte ich Ärger bekommen – zwischen Carl und mir steht gerade etwas anderes im Raum.

Ich reiche ihm die Tasse und er berührt kurz meine Hand, die ich etwas zu schnell wegziehe. Ich setze mich wieder und nehme den Block zur Hand.

„Also hatten Sie ein schönes Wochenende?", fragt er.

„Ja", sage ich schnell und möchte gerne das Thema

wechseln. Aber er bleibt dran. Das kenne ich auch aus seinen Verhandlungen, es gibt niemanden, der so zäh ist wie er. Ich weiß also, dass ich keine Chance habe, ihm auszuweichen. Wenn ich nicht möchte, dass er weiter darüber spricht, müsste ich jetzt eine deutliche Grenze ziehen. Er würde sie einhalten, das weiß ich. Carl ist nicht der Typ Chef, der seine Mitarbeiterinnen angräbt. Doch jetzt, in diesem Augenblick, schaut er ungeniert auf mein Dekolleté. Und dann wieder in meine Augen.

Ich finde Carl schon immer attraktiv, hätte mir aber nie vorstellen können, dass er mich begehren könnte. Er ist ungefähr 1,90 m groß und unfassbar sportlich, er trägt im Gegensatz zu anderen immer Anzüge, die ihm auch stehen, seine Umgangsformen sind einwandfrei. Er wird niemals laut, ist aber sehr streng. Doch wenn man solide Arbeit leistet, kann man immer mit seiner Rückendeckung rechnen.

„Ich hatte kein so schönes Wochenende", erzählt er. „Ich habe sogar die letzte Nacht durchgearbeitet, um mir die Zeit zu vertreiben. Irgendwann bei Sonnenaufgang bin ich aufgewacht. Eine Weile später erschienen Sie, Isabella. Als ich Sie so trällern hörte, wurde mir regelrecht warm ums Herz. Sie sind so unbefangen. Vermutlich weil Sie noch keine Scheidung hinter sich haben."

Ich nicke. Aber leider habe ich auch noch keine Hochzeit hinter mir, denke ich, aber ich getraue mich nicht, es laut zu sagen.

„Ich finde Sie sehr anziehend, liebe Isabella. Aber Sie dürften wissen, dass ich noch nicht wieder beziehungsfähig bin", legt er die Fakten auf den Tisch.

Ich nicke, obwohl mir nicht klar ist, was seine Hintergedanken dabei sind. Er wird doch nicht die Konkurrenz spüren und sich deshalb an mich heranmachen. Ich kenne dieses Verhalten schon von ihm. Kaum will ihm jemand etwas streitig machen, läuft er zur Höchstform auf. Er ist beruflich ein gefährlicher Gegner, und wenn ich nicht für ihn arbeiten würde, ich würde ihn fürchten.

„Wenn Sie damit einverstanden sind, möchte ich, dass Sie heute etwas länger bleiben."

Ich nicke mechanisch. Er sieht auf die Uhr.

„Es ist schon halb fünf. Ich werde jetzt eine kleine Show abziehen. Bleiben Sie bitte einfach sitzen." Als er an mir vorbeigeht, berührt er sachte meine Schulter. Mir fährt es heiß durch den gesamten Körper. Atemlos höre ich, wie er die Tür hinter sich schließt und dem gesamten Team die letzte Stunde frei gibt. „Und unsere Isabella darf ein wenig nachsitzen, denn wenn jemand etwas verbockt, dann genügt es nicht, früher zu kommen. Man muss seine Fehler auch gründlich ausbügeln."

Ich stelle mir die Gesichter von Anne und Sandy vor und wie sie sich gleich draußen bei einer Zigarette das Maul zerreißen werden. Carl kommt wieder herein und setzt sich an seinen Schreibtisch. Wir schweigen und sehen uns lange in die Augen, während wir hören, wie die Kollegen packen und plaudernd die Büros verlassen.

„Ich werde morgen verkünden, dass ich mich geirrt habe. Ich möchte nicht, dass Sie berufliche Nachteile haben, wo Sie doch so loyal mir gegenüber sind."

Ich nicke. Er lächelt mich an, es ist das Lächeln eines Raubtiers. Und obwohl mich die Situation ein wenig ängstigt, spüre ich eine wahnsinniges Kribbeln in meinem Körper.

Draußen ist es nun gänzlich still. Carl steht auf und überprüft, ob alle gegangen sind. Ich vermute, er hat auch die Tür abgeschlossen, sodass wir ungestört bleiben. Er setzt sich wieder in seinen Sessel.

„Ich würde mir wünschen, Sie könnten zu mir herüberkommen."

Ich gehorche und gehe langsamen Schrittes hinter den Schreibtisch. Er nimmt meine Hand und zieht mich vor sich, dann packt er mich an der Hüfte und dreht mich um. Er beginnt meinen Hintern zu massieren, packt fest zu. Dass ich heute einen Rock anhabe, war eine Laune, ich trage selten Röcke, weil ich finde, meine Waden sind zu dick, doch heute scheint es Carl den Atem zu nehmen.

„Du machst mich so scharf", sagt er leise und keuchend. „Du hast einen so geilen großen Arsch."

Langsam macht er sich an meinem Rock zu schaffen,

zieht ihn nach oben und greift mir zwischen die Schenkel.

„Beug dich nach vorne."

Ich glaube zu träumen. Wie oft hatte ich diese Situation phantasiert, und jetzt geschieht es tatsächlich. Ich beuge mich vor und lege meine Unterarme auf dem Schreibtisch ab. Er zieht meinen Rock noch höher und den Slip herunter.

Er fackelt nicht lange, und es hätte mich auch gewundert, wenn er es getan hätte. Er prüft kurz, ob ich feucht bin, schließt eine Schreibtischschublade auf, in der er eine Packung Kondome aufbewahrt, zieht eines über und dringt dann hart in mich ein. Schweigend fickt er mich, mit schnellen, festen Stößen. Und ich genieße es, regelrecht genommen zu werden. Als ich wage, ein wenig zu stöhnen, sagt er nur: „Lass es raus, du geiles Stück, komm, lass es raus."

Ein wenig habe ich einen Widerwillen, seine Worte so im Raum stehenzulassen, aber ich bin jetzt richtig geil und will nur noch von ihm durchgefickt werden, die ganz harte Nummer. An so einen Mann habe ich mich vorher nie herangetraut, doch jetzt lasse ich mich von der Situation mitreißen und genieße es, so fest genommen zu werden. So hart er im Geschäftsleben ist, so hart stößt er mich.

Es ist neu für mich, so willenlos zu sein. Der leichte Schmerz, das feste Stoßen, die Tatsache, dass er mein Chef ist und ich jetzt wirklich seine Untergebene – die

Situation an sich ist so verboten, so wunderbar, dass ich immer erregter werde. Dabei ist es nicht romantisch, nicht erotisch, wir sind noch nicht einmal nackt. Vorbeugen, Beine spreizen, sich durchvögeln lassen. Ich weiß, wenn eine der anderen Frauen das mitbekäme, ich hätte verloren. Aber Carl ist diskret, außerdem bin ich seine liebste Mitarbeiterin, jetzt vielleicht seine allerliebste. Er kommt lautlos und zieht dann sofort seinen Schwanz aus mir heraus, lässt sich in den Sessel fallen. Ich will meine Kleidung ordnen, aber er lässt es nicht zu.

„Zieh dich ganz aus. Zeig dich mir."

Ich drehe mich zu ihm um. Steige aus dem Slip und ziehe mein Oberteil über den Kopf. Zum Glück habe ich einen von den guten BHs an, schießt es mir durch den Kopf. Er ist weiß mit kleinen Blümchen.

„Wie süß", sagt er nur dazu und fixiert mich mit seinem Haifischblick. „Zeig mir alles."

Ich öffne den BH und löse ihn, lege ihn auf dem Schreibtisch ab. Ich nehme meine Brüste in meine Hände und präsentierte sie ihm.

„So gefällt mir das. Weiter."

Den Reißverschluss des Rockes habe ich schnell geöffnet, und ich lasse ihn nach unten gleiten. Nackt stehe ich vor ihm.

„Setz dich auf den Tisch und öffne deine Schenkel."

Wieder gehorche ich. Langsam lasse ich meine Beine auseinandergleiten und zeige meinem Chef die geöffnete Venus.

Er rollt mit dem Sessel nach vorne zwischen meine Beine. Nimmt meine Brüste in beide Hände und massiert sie.

„Du bist ein geiles Luder", sagt er bewundernd. Und ich begreife, dass es als Kompliment gemeint ist. Ein sexuelles Kompliment.

Er greift mir zwischen die Beine und zieht mir die Schamlippen auseinander, als wollte er sie untersuchen. Er schiebt ein paar Finger in meine Pforte, und ich beuge mich etwas zurück.

„Nein, ich mache dir keinen Orgasmus", sagt er hart. „Mir ist es lieber, du bleibst geil, bis ich dich noch mal ficke."

„Ich bleibe auch nach dem Kommen noch geil."

„Dann mach es dir selbst. Ich will das sehen."

Ich lehne mich auf dem Schreibtisch zurück und stelle die Beine auf, sodass er zusehen kann. Ich weiß nicht, woher ich den Mut habe, mich ihm so zu zeigen, aber etwas in meinem Inneren drängt mich dazu, über diese Grenzen zu gehen. Und so beginne ich, mich zwischen den Beinen zu streicheln, und schon bald komme ich bebend.

„Komm her."

Ich richte mich auf. Er zeigt auf seinen nur schwach

erigierten Penis, und ich verstehe. Klettere vom Schreibtisch, knie mich vor ihn und lasse zu, dass er meinen Kopf zu seinem Schwanz führt.

Ich küsse und knabbere erst ein wenig an seinen Hoden, bevor ich mit der Zunge vorne am Schaft entlang nach oben fahre, und sein bestes Stück wird etwas praller. Ich beginne vorsichtig zu blasen und spüre, wie er sich fest aufrichtet.

„Steh auf."

Ich gehorche.

„Lege dich hin."

Ich lege mich rücklings auf den Schreibtisch und er tritt nah an den Schreibtisch heran. Er drückt mich fest auf den Tisch und zieht meine Beine nach oben. Wieder dringt er hart in mich ein, packt mich an den Schenkeln und beginnt mich zu stoßen. Ich folge seinem Blick auf meine Brüste und sehe, wie sie bei jedem Stoß mitwippen. Ich komme mir vor wie im Pornofilm. Ich beginne zaghaft zu stöhnen, und er stößt ein paarmal richtig fest zu. Ich schreie auf, beiße mir auf die Lippen, weil ja unter und über uns auch noch Büros sind, aber er lächelt nur.

„Mach dir keine Gedanken. Lass dich einfach gehen. Es ist doch kaum noch jemand im Gebäude."

Trotzdem versuche ich mich zu beherrschen. Mir ist es lieber, wenn ich morgen nicht mit schamesrotem Kopf zur Arbeit gehen muss. Er stößt weiter hart zu, und irgendwann ist mir dann doch alles gleich. Ich spüre ihn so dick und prall in mir, und er nimmt mich so hart, dass ich loslasse und laut stöhne. Und als ich heftig komme, bäume ich mich auf, aber er drückt mich wieder fest auf die Tischplatte zurück, während er sich in mir ergießt.

Freundinnen

Zwei Wochen später treffe ich mich mit Tanja zum Kaffeetrinken. Sie arbeitet in einem Ganztagskindergarten, und sie steckt wie immer in bunten Klamotten, die zudem voller Farbkleckse sind – und wer weiß, was das noch für Flecken sind. Ich liebe Tanja, sie ist meine beste Freundin, und sie sieht schon an meinem Grinsen, dass es viel zu berichten gibt.

„Erzähl!"

„Es gibt einen Alexander." Den Schreibtisch-Sex mit meinem Chef lasse ich mal unter den Tisch fallen. Alexander ist viel, viel wichtiger.

„Erzähl weiter!"

„Ist ja gut", sage ich beruhigend, und wir müssen beide lachen. „Ich habe ihn über einen anderen Mann kennengelernt, der meinte, ich würde zu ihm besser passen, und es stimmt."

„Männer können so etwas untereinander ja viel besser einschätzen."

„Genau. Auf jeden Fall habe ich Alexander in den letzten paar Wochen alle paar Tage getroffen."

„Das klingt gut, sehr gut."

„Na ja, aber er meinte, er ist nicht so der Beziehungstyp."

„Oje. Nicht der Beziehungstyp? Aber warum sieht er dich dann so oft?"

„Na ja." Ich grinse etwas verlegen.

„Oh nein, du schläfst mit ihm!", ruft sie aus, und hält sich gleich die Hand vor den Mund, weil ein paar Leute an den Nachbartischen sich interessiert nach uns umdrehen.

„Entschuldigung", flüstert sie. „Das ist ja heiß."

„Es ist wirklich heiß", flüstere ich zurück, „das ist ja das Problem."

„Du hättest nicht so schnell mit ihm schlafen sollen, das ist immer schlecht."

„Ich konnte nicht widerstehen."

„Na ja, du warst ja auch ausgehungert", stellt Tanja munter fest und sticht schwungvoll mit der Gabel in ihr Stück Kuchen.

Tanja ist seit zwölf Jahren glücklich mit ihrer Jugendliebe Thomas zusammen. Die Partnersuche und den Liebeskummer ihrer Freundinnen betreut sie mit Geduld und Humor.

„Puh", sagt sie dann jedesmal, „wenn ich eure Geschichten so höre, bin ich jedesmal froh, dass ich noch mit Thomas zusammen bin. Das wäre mir alles viel zu anstrengend." Und sie hält tapfer Händchen und reicht Taschentücher, wofür wir sie lieben.

„Er lebt polygam", vertraue ich ihr deshalb an.

„Sexsüchtig?"

Ich muss lachen. „Keine Ahnung. Aber er ist schon recht unersättlich, das stimmt."

„Also sexsüchtig."

„Oder er will sich nicht richtig auf eine Frau einlassen."

„Angst?", murmelt sie kauend.

„Vermutlich."

„Hmm", macht sie und kaut nachdenklich weiter. „Ich hole mir noch so ein Schoko-Ding, wie heißen die, Muffins?"

„Bring mir auch einen mit."

„Klar, Schätzchen, ich kann es nicht mit ansehen, wenn du nichts isst." Sie zwinkert mir zu und bewegt ihren elfenhaften Körper in den weiten, bunten Klamotten in Richtung Theke. Zurück kommt sie mit zwei Muffins mit Sahne.

„Ich brauche Kalorien, die Kinder machen mich fix und fertig", stöhnt sie. „Aber erzähl weiter, das ist ja alles scharf."

„Ich hatte noch nie in meinem Leben so guten Sex", platzt es aus mir heraus.

„Echt?" Tanja ist jetzt Feuer und Flamme, sie vergisst sogar kurz ihren Schoko-Muffin.

„Ja wirklich. Es ist unfassbar, was er alles mit mir anstellt."

Tanja kichert. „Komm, erzähl schon, ich muss unbedingt mal wieder ein bisschen Leben ins Bett bringen. Bei Thomas und mir ist echt tote Hose. Wir kuscheln ein bisschen und dann ist immer einer vor lauter Erschöpfung eingeschlafen. Ätzend. Ich hätte echt Lust, am Wochenende eine Aktion zu starten."

Tanjas „Aktionen" reichen von einem Date mit dem Liebsten in der Badewanne bis hin zu solchen Ideen, sich selbst mit Obst bestückt und Sahne besprüht auf dem Couchtisch zu präsentieren. Nicht immer enden diese Aktionen mit gutem Sex, einmal hat sie sich bei einem selbst einstudierten Striptease den Fuß verknackst, ein anderes Mal wollte sie Thomas im Domina-Outfit überraschen, und als der dann in schallendes Gelächter ausbrach, zog sie ihm mit der Lederrute so fest eins über, dass er sich nähen lassen musste. Noch Monate später rief Thomas beim Nachhausekommen erst einmal, ob denn die Luft rein wäre, er würde jetzt die Wohnung betreten und wolle nicht gezüchtigt werden. Und Tanja steckte es ein.

Zum Ausgleich war sie eine Woche lang „ganz lieb" zu ihm, was er natürlich genoss und es ihr „heimzahlte". So kam ihr Sexualleben auf Umwegen wieder in Schwung, aber alle halbe Jahr wurde Tanja zappelig und dachte sich etwas Neues aus. Wenn ich sie inspirieren konnte – bitte.

„Nun, ich weiß nicht, ob Alexander einzuladen und einen Dreier zu schieben eine Aktion wäre, die Thomas beglücken würde."

Tanja überlegt und schüttelt dann grinsend ihre braunen Locken – die auch immer perfekt liegen, obwohl sie noch nie beim Friseur war und sich die Haare selbst schneidet. Ihr kreativ-zotteliger Look sieht irgendwie immer gut aus, das muss man so unabsichtlich erst einmal hinbekommen.

„Es ist gar nicht so spektakulär, was er mit mir macht, es ist eher die Art, wie er es macht."

„Und wie macht er es?"

„Gekonnt."

„Ja, aber wie?"

„Es ist einfach so, dass jede Berührung von ihm einfach sitzt, er weiß genau, wo und wie intensiv er mich berühren muss, er weiß einfach, wie ich es gerne mag, er hat so eine Art mich zu berühren, das geht mir durch und durch."

„Meinst du, das kommt von seiner Erfahrung mit all den vielen Frauen?"

Ich schüttele den Kopf. Ralf war auch erfahren und sehr gut im Bett gewesen, aber mit Alexander war da einfach eine andere Chemie.

„Was ist es dann?"

„Ich weiß es nicht. Er rührt mich irgendwie. Und ich will ihn ständig berühren und küssen."

„Du hast dich verknallt", stellt Tanja zwischen zwei Bissen Muffin fest.

„Ich fürchte ja."

„In einen Sexsüchtigen", fügt sie trocken hinzu.

„Ich weiß nicht, ob er sexsüchtig ist."

„Hhmmm", macht Tanja und kratzt mit der Gabel die letzte Sahne vom Teller.

„Ich weiß, dass es blöd ist, aber ich dachte, ich könnte ja auch polygam leben, dann wäre Alexander nicht mein einziger Mann und bräuchte nicht so viel Angst haben. Falls er wirklich Beziehungsangst hat."

„Hhmmm", macht Tanja, und die Runzeln an ihrer Stirn zeigen mir, dass sie wirklich darüber nachdenkt.

„Da machst du dir was vor, glaube ich", sagt sie dann leise.

„Warum? Es gibt Leute, die leben so."

„Aber nicht du."

„Nur weil ich es noch nicht ausprobiert habe."

„Hat er denn unter diesen Bedingungen Lust auf eine Beziehung zu dir?"

„Weiß ich nicht."

„Das heißt, du hast mit ihm noch nicht darüber gesprochen."

„Nicht wirklich. Er sagt aber immer, ich soll mich nicht verlieben, er wäre nicht beziehungsfähig und so weiter."

„Darauf solltest du hören. Wenn Männer so etwas sagen, dann ist es die Wahrheit. Das ist so ziemlich das Einzige, was du denen wirklich glauben kannst."

„Meinst du nicht, wenn er mir erst vertraut ..."

Sei schüttelt den Kopf. „Herzchen, du weißt, ich kann dir nicht sagen, was du tun sollst. Du bist alt genug. Und wenn die Sache in die Hose geht, dann bin ich die Letzte, die dir sagt, du hättest es gleich wissen müssen."

„Ich weiß."

„Gut. Ich will nicht, dass es wieder Tränen gibt. Aber wenn es sie gibt, dann ruf mich an, ja?"

„Ja."

„Und suche weiter nach einem Mann, ja? Einen, der eine richtige Beziehung mit dir haben möchte ... Bleibe nicht stehen, nur weil diese Sexgeschichte dich gerade so sehr ausfüllt."

„Okay." Ich gebe mich geschlagen. Denn ich spüre, sie hat recht.

„Trotzdem bist du mir ausgewichen, als ich nach Anregungen für meinen Sex gefragt habe."

Ich grinse. Und erzähle ihr nur einiges von dem, was ich mit Alexander so treibe. Von dem Spielzeug, das er geschickt in mich einführt, von den verschiedenen Stellungen, die wir durchturnen – und schließlich dann auch von dem Dreier mit Rita.

Tanja klappt die Kinnlade herunter. Sie sieht mich an und holt tief Luft.

Ich hoffe, sie brüllt nicht gleich ein erstauntes „Waaas? Ein Dreier?", und vorsichtshalber senke ich schon einmal beschämt den Kopf.

Aber Tanja lacht. Sie bricht in schallendes Gelächter aus. Das unterhält zwar auch das gesamte Café, aber wenigstens ohne dass ich im Mittelpunkt der Aufmerksamkeit stehe.

Tanja lacht, gluckst, bekommt dann einen Schluckauf und ihr treten Tränen in die Augen.

„Ich fasse es nicht", bringt sie unter Hicksen und schwerem Atmen heraus, „ich fasse es nicht."

Ich rühre in meinem Kaffee, obwohl Milch und Zucker schon längst gleichmäßig verteilt sind. Was soll ich sagen.

„Ist das geil.", schließt Tanja und wischt sich eine Träne aus dem Augenwinkel. „Ist das geil." Sie grinst. „Und wie war es?"

„Nee, ich trage hier nicht zu deiner Belustigung bei."

„Doch, bitte." Sie grinst mich heiter an.

Dann packt es mich doch und ich erzähle ihr die ganze Geschichte. Zwischendurch reißt Tanja die Augen auf und hält sich die Hand vor den Mund, um nicht einen ihrer „Nein!"-Schreie loszulassen. Nur um mich dann ungerührt nach Ritas Telefonnummer zu fragen, denn Thomas habe schon öfter von solchen Dingen gesprochen.

Jetzt bin ich an der Reihe, die Kinnlade herunterklappen zu lassen. „Was?"

„Du hast mich gehört. Das wäre doch mal eine Aktion, für die Thomas mir das nächste halbe Jahr dankbar sein wird." Sie kichert. „Er bekommt seinen Dreier, und ich bekomme dafür seine ewige Hingabe", flötet sie fröhlich. Tanja ist manchmal ein schräger Vogel, aber sie ist die Einzige meiner Freundinnen, mit der ich mich auch über Sex unterhalten kann.

„Hast du keine Angst, Thomas könnte Rita mehr begehren als dich ... also weil sie neu für ihn ist?"

„Nö, da habe ich keine Angst. Und klar wird er auf sie

abfahren. Er ist seit zwölf Jahren mit nur einer Frau im Bett gewesen, und jetzt darf er mal an einer anderen Frau naschen, da wird er richtig Spaß haben." Tanja ist ganz aufgekratzt.

„Und wenn er sich in Rita verliebt?"

„Ach was", Tanja ist immer noch unbekümmert. „Dass ich auf die Idee nicht selbst gekommen bin. Verdammt. Dabei wünscht er sich das doch so. Danach wird er mich wochenlang bespringen." Sie kichert.

„Und wenn er dann immer einen Dreier machen will?"

„Na, blöd ist er nicht. Er weiß genau, dass ich ihm dann aufs Dach steige. Der Dreier ist ein Geschenk an ihn, das wird er schon zu würdigen wissen. Sonst setzt es was." Sie grinst. Ich weiß, sie meint es nicht ernst. Und ich kenne Thomas. Er liebt seinen „Schmetterling", wie er die bunte Tanja gerne nennt, wirklich.

„Ihr habt eine tolle Beziehung."

„Ja", sagt sie nachdenklich, „das stimmt. Es passt halt einfach." Sie lacht. „Glück gehabt. Du, wollen wir uns noch einen Kakao oder etwas anderes Klebriges holen? Irgendwie bin ich immer noch nicht satt. Und während ich uns den Schoko-Kram an der Theke hole, schreibe mir bitte Ritas Nummer auf, ja?"

Und ich tue es. Und glaube selbst nicht, dass ich gerade genau dieses Gespräch mit Tanja geführt habe.

Da kommt auch schon eine SMS von Alexander. Er

ist heiß auf mich, ob ich ihn heute Abend treffen will. Na klar will ich das. Und wie ich das will.

Mann Nr. 18

Er (Rudolf, 38, 183 cm, 112 kg) ist der bisher witzigste E-Mail-Flirtpartner. Wir spielen uns die Bälle nur so zu. Allerdings nur unter der Woche. Denn er hat nur im Büro einen Internetanschluss und kann deshalb am Wochenende keine E-Mails empfangen.

Als wir uns treffen, ist es Donnerstagabend. Wir verstehen uns gut, gehen spazieren und kehren dann bei einem Italiener ein. Er erzählt, dass er in Offenbach nur eine Art „Rumpelkammer" gemietet hat, ein Zimmer mit Küchenzeile, weil er am Wochenende immer im Gästezimmer seiner Großmutter schläft, die er betreut, weil sie bettlägerig ist.

Als er draußen vor dem Restaurant eine Zigarette rauchen geht, sehe ich, wie sein Smartphone kurz aufleuchtet. Ich schimpfe noch mit mir selbst, weil ich so neugierig bin, aber schnell nehme ich es in die Hand. Das Display gibt an, dass eine E-Mail eingegangen ist.

Eine E-Mail ist eingegangen?, frage ich mich noch, als ich das Handy schnell wieder an seinen Platz lege. Ich tue so, als suche ich etwas in meiner Handtasche, damit er nicht merkt, dass ich mich erst einmal wieder sammeln muss.

So viel zum Thema, er kann nur im Büro E-Mails empfangen. Und die kranke Großmutter, die er angeblich am Wochenende besucht – wie konnte ich nur so naiv sein? Er hat eine Fernbeziehung und sucht etwas für unter der Woche. Eine Zweitfrau. Ich stelle mir vor, was seine richtige Freundin empfinden würde, wüsste sie von seinem Treiben. Sie tut mir sehr leid. Am liebsten würde ich es ihr sagen, aber dazu müsste ich sie kennen.

„Ich möchte jetzt doch lieber gehen", sage ich.

„Aber warum denn? Der Abend läuft doch gut?", fragt er erstaunt.

„Wegen deiner Freundin."

„Wegen ... was?"

„Du hast eine Freundin."

„Nein."

„Ich bin mir sicher, dass du eine Freundin hast."

„Wie kommst du denn darauf? Hör mal ..."

Und dann habe ich eine Idee. „Sie hat mich doch auf dich angesetzt, du Idiot. Und jetzt hast du die Wahl:

Entweder du sagst es ihr oder ich mache es. Wie ist es dir lieber?"

„Scheiß-Weiber!", sagt er leise. „Ihr haltet doch alle zusammen."

Die Steifeprüfung

Mit Rita treffe ich mich in einer Mittagspause. Wir trinken Cappucchino in einem kleinen, abgelegenen Café und schauen durch die große Glasscheibe den bunten Blättern zu, die vom Wind aufgewirbelt und durch die Luft getragen werden.

„Wenn du wirklich etwas erleben willst, was deine Einstellung zur Sexualität verändert, dann musst du auf ein Tantra-Wochenende fahren", sagt Rita in die Stille hinein.

„Tantra? Braucht man dazu nicht einen Partner?"

„Es gibt auch die Möglichkeit, alleine anzureisen. Das kommt ganz drauf an."

Sie reicht mir ein buntes Faltblatt: „Tantra für Singles". Es sind glückliche Menschen darauf abgebildet, nackte glückliche Menschen.

„Es geht viel um Sex, aber eigentlich um Selbsterfahrung. Du kannst ausprobieren, zuschauen, dich herantasten. Und vielleicht verliebst du dich auch."

„Hast du Ralf dort gefunden?"

Sie schmunzelt. „Nein, aber Alexander."

„Am liebsten würde ich Alexander zu dem Wochenende mitnehmen. Er könnte mich dann beschützen."

Sie lächelt verständnisvoll.

„Isabella, hör mal. Hänge dein Herz nicht zu sehr an Alexander. Er hat dich sehr gern, aber er ist nicht für eine Frau allein gemacht."

„Ich weiß. Aber es fällt mir schwer, das zu akzeptieren."

„Du kannst ruhig verliebt in ihn sein, das sind wir ja irgendwie alle." Sie lächelt wissend. „Aber wenn du dir Hoffnungen machst, wirst du sehr enttäuscht werden."

Ich nicke traurig.

Rita wedelt sich mit der Broschüre Luft zu.

„Weißt du, was ich denke?", sagt sie schließlich.

Ich bin neugierig, was sie mir zu sagen hat. Und ob wir irgendwann noch einmal miteinander ins Bett gehen.

„Ich denke, du brauchst einen Partner, der viel Zeit mit dir verbringt. Deshalb solltest du dir einen festen

Partner suchen, vielleicht sogar ganz monogam leben."

Ich nicke. So aufregend mein Leben derzeit ist, ich möchte auch im Arm gehalten werden und alles mit einem Mann besprechen, einfach mein Leben teilen und an seinem teilhaben. Und alle meine sexuellen Erfahrungen würde ich in guter Erinnerung behalten, aber meinen Enkelkindern würde ich davon natürlich nie erzählen.

„Bis es soweit ist, Isabella, solltest du dich noch voll austoben. Und wer weiß, vielleicht lebst du eines Tages doch wie wir. Es dauert eine Weile, bis man die gesellschaftlichen Fesseln abstreifen kann und begreift, dass einen das nur behindert. Ich kann genauso gut in einer Beziehung leben *und* frei sein. Wenn es mir schlecht geht, rufe ich Ralf an, und er ist immer für mich da. Wir verbringen auch mal ganze Wochenenden miteinander. Wenn Ralf unterwegs ist, rufe ich Alexander an oder Petros, den du nicht kennst. Das sind meine beiden regelmäßigen Liebhaber. Ich habe also noch mehr Rückhalt, als wenn ich nur auf einen Partner angewiesen wäre. Und ich denke auch, ich wäre mit Ralf längst nicht mehr verheiratet, wenn wir nicht so leben würden."

Ich nicke. So ähnlich hatte Ralf es auch formuliert. Ich finde, Rita und er passen auch wirklich gut zusammen. Sie wirken beide so ausgeglichen.

„Wart ihr auch schon mal in einem Swingerclub?"

Rita lacht. „Natürlich."

„Und tauscht ihr da auch die Partner?"

„Na klar. So haben wir damals angefangen. Und manchmal machen wir das heute noch."

Rita hört auf, sich mit der Broschüre Luft zuzufächeln, und reicht sie mir. Ich klappe sie auf und lese darin, kann mich aber kaum konzentrieren. „Alles kann, nichts muss ...", lese ich, „geschützter Rahmen, indem Sie sich ausprobieren können ...", heißt es weiter.

Rita sieht mich direkt an, ihre dunkelblauen Augen sind verschattet vor Lust.

Ich lege die Broschüre auf den Tisch.

„Steck sie ein, dann vergisst du nachher nicht, sie mitzunehmen. Und wenn du zurückbist, will ich alles erzählt bekommen." Sie lächelt mich freundlich an und greift nach meiner Hand. Die Luft knistert.

„Hast du hier im Café irgendwo einen Kinderwagen gesehen?", fragt sie mich plötzlich.

„Nein. Warum?"

„Komm mal mit."

Sie steht auf, schnappt sich ihre Handtasche und geht voran in Richtung der Toiletten. Vor dem Wickelraum bleibt sie stehen.

„Wo keine Kinder sind, da wird auch nicht gewickelt", sagt sie versonnen lächelnd und hält mir die Tür auf.

Der Raum ist von innen nicht abschließbar, was mich äußerst nervös macht, aber Rita anzumachen scheint. Sie setzt sich auf den Wickeltisch und streift sich ihre Hosen ab. Sie legt sich zurück und stellt ihre Füße auf. Ich kann ihr zwischen die Beine sehen. Sie beginnt sich zu berühren, streicht über ihr goldenes Schamhaar, gleitet mit dem Finger zwischen ihre Schamlippen und lächelt mich auffordernd an.

„Schau mal in der Handtasche nach", sagt sie mit rauher Stimme.

Ich öffne sie neugierig.

„Was ist das denn?"

Ich ziehe das Gewirr aus schmalen Lederriemen, an denen ein Dildo befestigt ist, aus der Tasche.

„Ein Strap-on. Damit kannst du mich ficken. Ich muss dringend gefickt werden."

Mein erster Gedanke ist natürlich, ob ich da hineinpasse. Dabei sollte ich mich viel lieber fragen, was ich hier gerade tue.

„Du kannst hineinsteigen wie in einen Slip und dann die Riemchen festmachen."

Ich tue es. Es fühlt sich merkwürdig an, aber es ist irgendwie aufregend. Endlich erfahre ich mal, wie es ist, der aktive Part zu sein.

„Da ist noch irgendwo Gleitmittel. Auch wenn ich nass bin, so ist es sicherer."

Ich wühle in ihrer Handtasche und finde es zwischen einer Tüte von Kondomen und einem weiteren Dildo.

Ich reibe das Gleitmittel auf den Dildo, der jetzt mein Schwanz ist, und überlege mir, wie es wäre, wenn es wirklich meiner wäre.

„Tue ich dir auch nicht weh, wenn ich damit in dich eindringe?"

„Denke nicht so viel nach und fick mich lieber. Tue es einfach. Du kannst nicht viel falsch machen."

Ich stelle mich ganz nah an den Tisch und an Rita heran. Vorsichtshalber nehme ich meine Hand zu Hilfe und suche ihre Pforte, mit der anderen Hand schiebe ich den Dildo vorsichtig in sie ein.

„Stoß mich."

Ich lasse los und bewege mein Becken sachte vor und zurück, spüre den leichten Widerstand beim Gleiten des Dildos in ihrer Grotte.

„Du machst das schon ganz gut", keucht sie. „Fester. Trau dich."

Ich halte mich rechts und links an den Tischkanten fest, um mich besser bewegen zu können, dabei beuge ich mich leicht über sie. Das nutzt sie gleich, um mir unter das Oberteil und den BH zu greifen und meine Brüste fest zu massieren.

Ich beginne den Dildo mit fließenden Bewegungen in ihr zu bewegen, und es geht ganz gut, denn nach einer Weile krallt sich Rita mit den Fingerspitzen schmerzhaft fest in meine Brüste, keucht auf und löst dann ihren Griff. Ich ziehe den Dildo vorsichtig aus ihr heraus.

„Jetzt bist du dran."

„Ich kann mich hier nicht nackt ausziehen. Ich habe Angst, dass jemand hereinkommt."

„Das ist doch das Spannende an der Sache." Rita wirft mir einen ihrer unergründlichen Blicke zu. Ich spüre aber, dass ich mich an diesem Ort nicht fallenlassen könnte.

„Dass du dich so schämst, wo du doch so sexy und sinnlich bist", sagt sie kopfschüttelnd. „Dabei würdest du jedem, der zur Tür hereinkommt, feuchte Träume bereiten."

„Auch den Müttern?"

„Besonders den Müttern." Rita grinst. „Komm, Isabella, ich habe eine Idee. Setz dich auf den Tisch."

Ich tue es zögernd.

Sie stellt sich direkt vor mich und knöpft mir die Hose auf. Geschickt fährt sie mit der Hand in meinen Slip und dann weiter zwischen meine Schamlippen. Ich werde heiß und könnte mich ohrfeigen, dass ich mich nicht mehr traue. Aber auch das vergesse ich bald, denn Rita führt mich zielstrebig zum Orgasmus. Ich kippe dabei fast vornüber und muss mich an Rita festhalten.

„Hmm", macht sie, „ich mag es, wenn du so heftig kommst."

Wir küssen uns innig. Dann ordnen wir kichernd unsere Kleidung. Mit betont ernsten Gesichtern verlassen wir den Wickelraum. Rita hat noch einen Termin und ich muss zurück zur Arbeit, wo mein Chef auf mich wartet. Carl will demnächst übers Wochenende wegfahren. „Mit dir, werte Isabella, und einem Paar Handschellen", kündigte er gestern schmunzelnd an.

Mann Nr. 19

Wir (Marco, 43, 186 cm, 88 kg, und ich) sitzen mit einem Drink an seinem kleinen Swimming-Pool im Keller. Neben der Sauna. Aber in die Sauna wollte ich mit ihm nicht gehen. Ich kenne ihn ja erst seit einer guten halben Stunde. Als ich ankam, führte mich ein Butler in den Keller, wo der Herr des Hauses gerade seine Bahnen zog. Er stieg in einer knapp geschnittenen Badehose aus dem Wasser. Sein Körper ist gut trainiert, er hat breite Schultern, eine haarlose Brust und rasierte Achseln. Vermutlich ist er blank von oben bis unten.

Er spricht über eine gemeinsame Zukunft wie über ein Unternehmen. Plan A ist es, die perfekte Frau zu finden. Sie sollte nicht auf sein Geld aus sein, aber den Luxus an seiner Seite lieben. Und sie sollte repräsentieren können. Zu besonderen Anlässen sollte sie in der Lage sein, eine Gesellschaft zu geben. Er möchte zwar, dass sie eine Rubensfrau ist, aber dann doch nicht zu dick. Denn er mag es zwar üppig und will, dass die anderen Männer insgeheim neidisch auf ihn sind, doch er möchte sich für seine Frau nicht in der Öffentlichkeit schämen müssen.

Seine Traumfrau sollte damit leben können, dass er sich hat sterilisieren lassen, denn er möchte keinen Erben für sein Imperium erzeugen. Sein Unternehmen soll von fähigen Leuten weitergeführt werden, wenn er nicht mehr ist. Und er möchte sein Leben genießen. Kindergeschrei gehört nicht dazu.

Die Frau sollte gegebenenfalls ihren Beruf aufgeben, er wird für alles aufkommen, was sie benötigt. Ihm ist es wichtiger, dass sie ihm den Rücken freihält und für ihn da ist, wenn er sie braucht. Auch sexuell, fügt er mit einem Seitenblick hinzu.

Er räkelt sich in seiner Badehose auf dem Stuhl. Seine braunen Augen wandern, während er spricht, immer wieder über meinen Busen, der die Bluse üppig ausfüllt. Mir ist irgendwie kühl, und ich ziehe meinen Blazer enger vor dem Körper zusammen.

„Ist dir kalt? Soll ich Gregor anweisen, dir eine Decke und ein warmes Getränk zu bringen?"

Ich schüttele den Kopf.

„Möchtest du, dass ich dich ein bisschen aufwärme?" Er grinst.

Mich beschleicht ein merkwürdiges Gefühl. So nett er auch ist und so sehr ich auch das Abenteuer suche, ich habe das Gefühl, mich in einem Vorstellungsgespräch zu befinden.

„Dann könnte ich natürlich gleich herausfinden, wie du im Bett bist. Das ist ein wichtiges Kriterium. Ich wünsche mir eine aktive Sexpartnerin, und sie sollte keine Hemmungen haben, jeden Morgen ihren Blowjob zu machen, bevor ich zur Arbeit gehe. Das stimmt mich gut für den Tag ein."

Aha, denke ich. Nichts gegen blasen, aber ich bin doch keine Maschine.

„Und was ist mit den Wünschen der Frau?"

„Was meinst du damit?", fragt er mit gerunzelter Stirn. „Ich bin durchaus in der Lage, dich gut durchzuficken."

„Ich meinte zum Beispiel den weiblichen Orgasmus."

„Kommst du nicht, wenn du gefickt wirst?"

„Doch, aber nicht immer."

„Na ja", sagt er und überlegt. „Da müsste dann im Zweifel Gregor einspringen."

Ich kann nicht anders. Ich pruste los vor Lachen. Ich lache und lache, aus vollem Hals, kann mich überhaupt nicht mehr einkriegen.

Ich stehe auf.

„Vielen Dank für die Einladung", sage ich höflich, drehe mich um und gehe.

„Du hättest sowieso erst einmal ein bisschen abnehmen müssen", ruft er mir noch hinterher. „Deine beruflichen Qualifikationen sind ja durchaus vielversprechend für eine Gattin an meiner Seite, aber dein Hintern – der geht gar nicht."

Und genau mit dem wackele ich fröhlich, während ich kichernd nach oben gehe, wo Gregor – der Gute – mit meinem Mantel bereitsteht und mir die Tür beflissen aufhält.

Reise ins Land der Lust

Also fahre ich im November zu diesem Tantra-Seminar, das Rita mir empfohlen hat. Ein Seminar zur Selbsterfahrung. Und natürlich zur Sex-Erfahrung, denke ich belustigt. Aber meine Reise hat einen ernsten Hintergrund. Vielleicht kuriert mich das von meiner unerfüllten Verliebtheit in Alexander und macht mich genauso frei wie Ralf und Rita.

Aber als wir am ersten Abend in dem mit Tüchern und Blumen geschmückten Raum im Kreis sitzen und eine Kennenlernrunde machen, kommen mir Zweifel. Ich bin bei Weitem die dickste Person im Raum. Einige Männer sind kräftiger gebaut, aber die Frauen sind entweder regelrechte Elfen oder knackige Frauen mit Brüsten und Po, aber fast ganz flachem Bauch. Hoffentlich muss ich mich nicht nackt ausziehen, wenn ich es nicht möchte. Aber in der Broschüre stand, man solle immer seine Grenzen wahren und nichts tun, was man nicht möchte.

Wir sind insgesamt 18 Personen. Ein Paar betreut uns, es sind Birgit und Andreas, sie eine schöne Frau Mitte vierzig und er ein attraktiver Mann um die fünfzig. Birgit hat sich die langen Locken hennarot gefärbt, sie trägt rote Leinenkleidung. Andreas trägt gelb und orange. Sie sehen locker, offen und zufrieden aus.

Bei der Kennenlernrunde stelle ich beruhigt fest, dass andere Teilnehmer ähnliche Sorgen haben wie ich: Bin ich schön genug? Attraktiv genug? Darf ich Nein sagen? Diejenigen, die schon öfter dabei waren, beruhigen uns. Schönheit liegt im Auge des Betrachters. Und attraktiv ist man, wenn man mit sich selbst im Reinen ist. Und natürlich soll man Nein sagen, wenn einem etwas zu viel wird. Andreas und Birgit betonen, dass sie es wissen möchten, wenn es jemandem nicht gut geht.

Ich taue ein bisschen auf und denke mir, ich habe schon einen Dreier hinter mir, dann schaffe ich auch einen 18er. Falls es überhaupt zu so etwas kommt.

Und dann bin ich auch schon an der Reihe, mich vorzustellen.

„Ich bin Isabella, 35 Jahre alt und Single. Ich habe in letzter Zeit viele neue Dinge in Bezug auf Sex ausprobiert, aber so richtig habe ich meinen Weg noch nicht gefunden."

Einige nicken verständnisvoll.

„Ein bisschen ist es mir mulmig zumute, weil ich die einzige Dicke im ganzen Raum bin, und ich weiß ja, dass viele Menschen das nicht sexuell anziehend finden."

Hier muss ich erst einmal tief durchatmen. Ich schaue zu Boden.

„Magst du mich mal anschauen, Isabella", sagt Birgit sanft.

Ich schüttele den Kopf.

„Wie fühlst du dich, wenn du denkst, viele Menschen finden dich nicht attraktiv?"

Mir laufen die ersten Tränen die Wangen hinunter. Ich wische sie verschämt weg. Verdammt. Ich bin die Erste, die heult. Auch das noch.

„Es ist in Ordnung, dass dich das traurig macht."

Ich schüttele den Kopf. Nein, es ist nicht in Ordnung. Ich sollte schlank sein. Schlank und attraktiv.

„Es ist auch in Ordnung, dass du kräftiger bist als andere Menschen."

Ich schüttele wieder den Kopf. Mist. Ich dachte, durch all den vielen Sex und das Begehrtwerden hätte ich an Selbstbewusstsein gewonnen. Und das habe ich auch. Aber im Moment fühle ich mich einfach nur elend.

„Ist es nicht in Ordnung?", fragt Birgit erstaunt. Ich sehe sie jetzt doch an. Sie lächelt mich freundlich an.

„Ich muss ja nicht jedem gefallen", sage ich trotzig.

„Nein, das musst du natürlich nicht. Und das könntest du auch gar nicht. Das kann niemand. Aber bleibe mal dabei, dass du so traurig bist."

Es fällt mir schwer. Ich traue mich gar nicht, von Birgit weg und zu jemand anderem zu schauen. Sie lächelt mich an, ihr klarer, warmer Blick macht mir Mut.

„Isabella, ich habe aber das Gefühl, du kannst Freude am Sex empfinden."

„Ja. Sehr."

„Und es gibt Männer, die mit dir Sex haben möchten?"

„Ja. Mehr als genug."

„Was macht dich dann traurig?"

„Es ist ... es ist, dass die Liebe fehlt." Wieder beginne ich zu weinen.

„Darf ich dich in den Arm nehmen?", fragt dann Andreas.

„Das möchtest du doch gar nicht", platzt es aus mir heraus, und noch im selben Moment erschrecke ich mich über meine Ehrlichkeit. Ich halte mir die Hand vor den Mund, aber Andreas strahlt.

„Das ist gut, Isabella. Bleibte bitte so authentisch, denn das ist es, was du empfindest. Du glaubst mir gar nicht, dass ich das möchte, was ich dir anbiete. Wie kommst du darauf?"

„Du machst es vielleicht, weil du Therapeut oder sowas bist."

„Nein, ich würde niemals etwas tun, was ich nicht möchte. Das ist ein Grundsatz beim Tantra. Wenn du über deine Grenzen gehst, verletzt du dich selbst. Natürlich kannst du etwas ausprobieren, aber wenn du merkst, es geht dir nicht gut, musst du sofort aufhören und dein Gegenüber muss das respektieren."

Ich nicke.

„Wenn ich also sage, ich möchte dich gerne in den Arm nehmen, dann meine ich das so."

„Ich möchte aber nicht", wage ich es zu sagen.

Andreas strahlt wieder.

„Danke, Isabella. Das ist wunderbar ehrlich und direkt. Ich möchte dich nämlich nur umarmen, wenn du es auch willst. Es wäre mir unrecht, du würdest dich nicht wohlfühlen."

Und Birgit fügt hinzu: „Nun, in der letzten Zeit hast du gelernt, dass du als kräftige Frau auch begehrenswert bist. Im weiteren Verlauf deines Lebens wirst du dann erfahren, dass du auch liebenswert bist. Es wird sich zeigen, dass das, was du von dir glaubst, nicht der Wahrheit entspricht. Das ist ein Prozess, der das ganze Leben lang weitergeht. Es geht immer nur um die Liebe. Und hier auf dem Tantra-Seminar lernen wir unseren Körper und unsere Lust noch tiefer zu lieben."

Die Vorstellungsrunde geht weiter. Auch andere haben Komplexe. Zu kleine Brüste, zu große Brüste, zu viel Behaarung, zu kleiner Penis, zu krummer Penis, die Erektion bleibt nicht stehen, Orgasmusschwierigkeiten. Mir geht es ja noch richtig gut, denke ich. Ich schäme mich zwar immer mal wieder, weil ich dick bin, aber ich kann Spaß am Sex haben. Welch ein Glück.

Wir erfahren, dass es mehrere Räume gibt, in die man sich spontan zu zweit oder zu mehreren zurückziehen kann. Man kann ein Schild an die Tür hängen, dass man ungestört sein möchte, ansonsten kommen manchmal noch andere Personen hinzu. Es gibt verschiedene Workshops und Gruppenprozesse, aber die Teilnahme ist immer freiwillig. Verpflichtend ist die Verwendung von Kondomen und dass man ein Nein des anderen sofort und ohne Diskussion akzeptiert.

Jeder erklärt sich einverstanden, und dann geht es auch schon los. Heute Abend ist Kuscheln und Massieren zum näheren Kennenlernen angesagt. Wer möchte, kann sich dazu entkleiden. Es werden wohlduftende Öle gereicht. Ein bisschen habe ich Angst, niemand möchte sich mit mir einlassen, doch kaum löst sich der Kreis auf, damit man sich zu Paaren zusammenfinden kann, kommt Andreas schon auf mich zu.

„Ich wiederhole mein Angebot", sagt er und berührt sachte meinen Arm. „Und du kannst Nein sagen. Obwohl ein Ja auch schön wäre."

„Ich brauche dein Mitleid nicht", entfährt es mir wieder. Warum macht er mich so aggressiv?

Er setzt sich vor mich und sieht mich freundlich an. Sein Lächeln ist entwaffnend.

„Kannst du dir nicht vorstellen, dass ich dich mag und attraktiv finde?"

„Nein."

„Dann schau mich doch mal an und siehe, ob es stimmt, was du über mich denkst. Lass dir Zeit dabei. Es sei denn, du hast dir schon jemand anderen im Raum ausgespäht, mit dem du jetzt lieber zusammenwärst."

Ich schüttele den Kopf. Viele Paare haben sich schon zusammengefunden, auch zwei Frauen und zwei Männer miteinander, was ich sehr schön finde. Birgit ist bei dem Mann, der Erektionsprobleme hat und sich kaum traut, mit einer Frau intim zu werden. Na super, die Kursleitung ist bei den zwei Problemfällen.

„Schau zu mir", sagt Andreas und unterbricht so meine Gedanken.

Ich sehe ihn an. Er ist sehr attraktiv. Unter seinem gelben Shirt zeichnet sich ein braungebrannter, drahtiger Oberkörper ab. Er ist sehr feingliedrig, hat schlanke Arme und zarte Hände. Sein Blick ist warm und sanft, aber auch feurig. Er sitzt ganz ruhig vor mir und wartet ab.

„Woher soll ich denn wissen, dass du mich attraktiv findest?"

„Schau doch mal genauer hin."

Und tatsächlich hat er eine Beule in der Hose.

„Du lieber Gott."

„Macht dir das Angst? Dann lasse ich meine Erregung wieder abklingen, ich kann das kontrollieren. Fühle dich bitte nicht bedrängt."

„Das macht mir keine Angst. Aber damit habe ich nicht gerechnet."

„Gut, dann genieße ich deinen Anblick noch ein bisschen, wenn ich darf."

„Meinen Anblick?"

Er lächelt versonnen, gleitet mit den Augen über meinen Körper, und seine Beule wird größer.

„Soll ich etwas tun?" Ich bin irritiert.

„Nein, du sollst gar nichts. Spüre mal in dich hinein, was du möchtest. Und das sagst du mir dann, und ich tue es, wenn ich dazu Lust habe."

Ich schließe die Augen und fühle in mich hinein. Leise Musik läuft, Meeresrauschen, ich höre leises Gemurmel der anderen Paare, auch mal ein Kichern. Kaum jemand ist nackt, überall liegen Laken und Decken bereit, sodass man sich auch bedecken kann. Das Licht ist gedimmt. Eine schöne Atmosphäre. Ich atme erst einmal tief durch. Was möchte ich?

Ratlos sehe ich Andreas an. Er sitzt geduldig da.

„Du meinst, wenn du mein Geist aus der Flasche

wärst, und ich könnte mir alles wünschen?"

Er lacht. „Ja, gerne. Leg los, erzähle mir, wonach du dich sehnst. Und wenn ich es dir nicht erfüllen kannst, dann vielleicht ein anderer hier im Raum."

Wieder fange ich an zu weinen. Er streckt langsam die Hand nach mir aus, versucht wahrzunehmen, ob ich berührt werden möchte oder nicht. Ich weiß gar nicht, warum ich so weinen muss. Er steht auf, holt eine Decke und legt sie um mich wie einen Schutzmantel. Das tut mir so gut, dass ich noch heftiger weinen muss. Er reicht mir ein Taschentuch. Ich traue mich immer noch nicht, mich von ihm berühren zu lassen. Warum bin ich plötzlich so empfindlich? Und er hat immer noch seine Erektion, aber zeigt überhaupt keine Anzeichen von Ungeduld oder Erregung. Er scheint es wirklich zu genießen.

„Wenn ich mir das aussuchen dürfte, dann würde ich gerne mit einem Mann verschmelzen und würde dann gerne weinen, und ich möchte dabei festgehalten werden. Ich hasse das so, wenn sie nach dem Sex aufstehen und dies und das machen oder sprechen oder rauchen oder irgendwas. Ich fühle mich dann so einsam und leer. Das ist furchtbar."

Andreas nickt.

„Möchtest du denn mit mir verschmelzen? Ich kann dir das anbieten, gerne."

„Nicht wenn die Leute alle dabei sind."

„Es steht uns frei, in einen der Räume oben zu gehen."

„Und das würde dir auch Spaß machen?"

„Aber natürlich."

„Und was ist mit Birgit?"

Er lacht. „Meinst du, wir machen diese Seminare und können damit nicht umgehen? Sie ist wahrscheinlich bald im Nachbarraum." Er berührt sanft meine Wange und sieht mir tief in die Augen. Ich greife unsicher nach seiner Hand, sie ist ganz warm und irgendwie vertrauenerweckend.

Tantra – Explosion der Sinne

Der kleine Raum ist schön eingerichtet. Eine große Matratze liegt am Boden, Decken und Kissen sind darauf gestapelt, eine Vase mit Blumen steht in der Ecke, ebenso ein Krug Wasser und Becher, auch Nüsse und Schokolade sind bereitgestellt.

„Was hältst du von einem Experiment?", schlägt Andreas vor.

„Oje, was denn?"

„Es ist nur ein Vorschlag."

„Okay."

„Wir lassen das Licht an, und du zeigst dich mir in deiner ganzen Pracht und Schönheit. Und du bekommst mal mit, dass ich dich so begehre, wie du bist. So schön dick und üppig. Eine Göttin. Du zeigst dich mir, offenbarst dich mir. Für mich ist das wie ein Geschenk."

Er hat fast Tränen in den Augen. Wie kann er nur so empfinden, wo er doch bestimmt den lieben langen Tag lang Sex mit wirklich schönen, schlanken Frauen wie Birgit hat?

„Ist das für dich bei jeder Frau so?"

„Ja."

„Egal wie alt, dick oder hässlich?"

„Ja." Er lächelt mir aufmunternd zu. „Eine jede Frau trägt ihre Schönheit in sich. Und wenn sie diese Weiblichkeit einem Mann zeigt, so ist das ein Geschenk. Es ist nichts, was man gebraucht oder benutzt. Man ehrt es. Das ist es, was ein reifer Mann tut, er ehrt die Frau."

Mir kommen fast wieder die Tränen.

„Magst du dich mir denn zeigen?"

Ich nicke.

„Und wenn du berührt werden möchtest, sage es mir einfach, ja?"

Ich lege mich auf die Matratze, er setzt sich wieder vor mich, seine Erektion ist deutlich sichtbar. Als er sieht, dass ich sie wahrnehme, sagt er beruhigend: „Ich habe Zeit. Auch wenn wir keinen Sex haben, ist das schön für mich. Es geht hier nur um dich."

Ich sehe ihm tief in die Augen, es sind freundliche Augen, sanfte Augen, er ist ganz da und sieht mich. Und ich bekomme tatsächlich Lust, mir huldigen zu lassen.

Also ziehe ich mich einfach aus, nicht als Strip oder Show, sondern ich tue es einfach so, wie ich es zu Hause tue, wenn ich alleine bin. Als ich nackt bin, lege ich mich einfach hin, sodass er an meiner Seite sitzt. Er hält mir seine Hand hin und ich ergreife sie. So bleiben wir eine Weile.

„Du bist schön", sagt er leise. „Wunderschön."

„Das bin ich nicht." Ich hasse ihn dafür, dass er lügt. Am liebsten würde ich mich anziehen und gehen.

„Warum glaubst du mir nicht?"

Ich sehe ihn an. Er sieht mir direkt in die Augen, als er seine Worte wiederholt: „Du bist schön. Wunderschön." Und so misstrauisch ich ihn auch beäuge, er sieht nicht aus, als ob er lügt. Er scheint sich wirklich zu freuen, mich zu sehen, und seine Erektion steht immer noch deutlich hervor.

Ich beschließe, mich vor ihm zu bewegen und zu räkeln, einfach um ihm eine Freude zu machen.

„Oh jaaa", sagt er lächelnd. Seine Augen leuchten sanft. Normalerweise hätte ich damit gerechnet, dass er sich an seinen Penis fasst oder nach mir greift, aber er sieht mir einfach zu. Und ich merke, ich beginne es zu genießen, mich ihm zu zeigen. Es macht Spaß. Langsam drehe ich mich um, damit er auch meine Rückseite betrachten kann. Als ich mich zurückdrehe, sehe ich, dass er strahlt. Ich treibe das Spiel noch weiter und öffne meine Beine, um ihm mein Heiligstes zu zeigen.

„Danke, Isabella, das ist sehr schön. Ich danke dir."

Er ist wirklich gerührt. Ich spreize meine Beine noch weiter und ziehe mit den Händen meine Schamlippen auseinander, damit er meine Venus noch besser sehen kann.

Er sieht genau hin und lächelt. Neckisch grinse ich ihn an, und er erwidert das Grinsen.

„Kann ich dir etwas Gutes tun?", fragt er. „Hast du Wünsche?"

Ich schließe wieder die Augen. Was wünsche ich mir? Ich fühle genau hin.

„Es wäre schön, du würdest in mich eindringen und dann umschlungen mit mir liegenbleiben, ohne Gerammel oder so. Aber nur wenn du willst."

„Soll ich mich dazu ausziehen oder soll ich angezogen bleiben?"

„Ausziehen."

Er streift seine Kleidung ab. Er ist wirklich ein drahtiger, kerniger Mann. Seine Muskeln liegen geschmeidig an, und er bewegt sich wie eine Raubkatze. Aus der Schale mit den Kondomen nimmt er eines und streift es sich über seine pralle Erektion. Dann rutscht er zwischen meine Beine, drückt sanft meine Knie auseinander und gleitet mühelos und sanft in mich. Er fährt mit den Armen unter meinen Oberkörper und hält mich fest, den Kopf neben meinem. Ich umschlinge ihn mit meinen Armen und Beinen. So bleiben wir einfach liegen.

Sein Penis ist in mir und pulsiert leicht. Ich genieße es, dass er nicht stößt, nicht zu einem Ende kommen will. Ich bin zwar erregt, aber mich durchfließt eine tiefe Ruhe. So wollte ich schon immer mal mit einem Mann daliegen.

Und Andreas hat wirklich Zeit. Er hält seine Erektion und bleibt auf mir liegen, küsst mir mal den Hals und mal die Wange mit fast unmerklich zarten Lippen.

„Ist das schön", murmele ich.

„Ja." Er summt es mehr, als dass er es sagt.

Irgendwann regt sich dann doch eine tiefe, wilde Lust in mir. Meine Venus zieht sich zusammen und ich beginne mich zu bewegen. Er geht sanft mit, gleitet langsam vor und zurück. Ich spüre, ich brauche mehr, und sofort reagiert er mit etwas festeren Bewegungen. Ich werde plötzlich so wütend und stoße ihn weg. Er reagiert sofort, zieht sich aus mir zurück und sieht mich aufmerksam an.

„Ich bin so wütend", platze ich heraus.

„Ja. Lass es heraus." Er lächelt. „Das ist ganz normal. Du kommst in deine weibliche Kraft."

„Das ist mir sowas von egal." Ich bin auf hundertachtzig Sachen, dabei hat er mir gar nichts getan.

„Sollen wir ringen oder miteinander kämpfen?", bietet er mir an.

„Ich habe Angst, ich tue dir weh."

Da lacht er. „Glaube mir, davor habe ich keine Angst. Du bist im Innern so sanft, Isabella, du könntest niemandem etwas zuleide tun."

„Es gibt auch Unfälle."

„Die kann es geben." Er schmunzelt.

Er setzt sich auf und zieht mich hoch, dann gibt er mir einen sanften Schubs, sodass ich zurück auf die Matratze falle. Frechheit! Sofort rappele ich mich auf und stürze mich auf ihn. Er fängt geschickt meine Arme ab und hält sie fest. Ich werfe mich mit meinem gesamten Gewicht auf ihn und ringe mit ihm. Er schafft es, sich unter mir wegzuschieben und packt mich von hinten. Ich lasse mich rückwärts auf ihn fallen und er zieht mich zur Seite. Ich befreie mich aus seinem Griff, drehe mich um und packe seine Arme, er rangelt mir mir noch eine Weile, dann sitze ich endlich auf ihm. Er hat immer noch seine Erektion. Ich nehme ihn mir einfach, schiebe seinen Penis in mich ein, woraufhin er lustvoll aufstöhnt. Ich beginne, mich auf ihm zu bewegen. Er stützt seine Ellbogen auf und reicht mir die Hände, sodass ich mich abstützen kann. Sein Schwanz ist wunderbar hart, und ich bewege mich aggressiv auf ihm vor und zurück.

„Lass es raus, Isabella, du tust mir nicht weh. Lass es endlich raus."

Und ich tue es. Ich reite ihn, wie ich noch nie einen Mann geritten habe, wild, ekstatisch, lüstern. Er gehört mir. Ich nehme ihn mir, ficke ihn so richtig durch. Er atmet tief und regelmäßig, lächelt mich an und genießt. Mein Becken entwickelt ein Eigenleben, ich bin es, die die Lust erzeugt, die den Ton angibt, die das Sagen hat. Ich bewege mein Becken vor und zurück, ich spüre deutlich, wie ich auf seinem harten Schwanz auf und ab gleite.

Ich werde halb wahnsinnig auf ihm, und er lässt mich einfach machen. Ich spüre ihn tief in mir, und immer wieder tief in mir, und dann endlich falle ich in mir zusammen, schwer atmend stütze ich mich auf seinem Brustkorb ab. Er richtet sich auf, und ich steige von ihm ab, lege mich nassgeschwitzt neben ihn.

„Soll ich dich halten oder in dich eindringen?"

„Beides."

„Gern."

Er küsst mich auf die Lippen, dann drückt er mir wieder sanft die Schenkel auseinander und legt sich auf mich. Seine Haut ist glatt und warm, und er riecht gut. Ich umfasse seinen Hals, seinen Rücken, und er dringt wieder so sanft und gleitend in mich ein, dass ich ganz berührt davon bin. Er schiebt seine Arme unter mich und hält mich.

„Soll ich mich bewegen oder so bleiben?"

„Ich würde gerne zum Höhepunkt kommen."

„Gut."

Er beginnt sich langsam in mir zu bewegen, ganz zart und doch fest, und als er merkt, dass mich das erregt, stößt er heftiger zu, bleibt aber immer ganz lange tief in mir und zieht sich dann ein wenig zurück. Einen solchen Rhythmus kenne ich noch gar nicht, und ich spüre, wie sich meine Venus fest zusammenzuziehen beginnt. Und dann mein gesamter Unterleib. Ich kann gar nicht anders als zu stöhnen, und wieder fordert Andreas mich auf, alles herauszulassen und einfach so zu sein, wie ich bin.

Ich habe das Gefühl, er hat solch eine große Selbstbeherrschung, dass er mich ewig lange stoßen könnte, ohne selbst zu kommen. Er summt leise, beruhigend. Es ist so schön.

Als ich mit dem Zucken beginne, weil sich ein Orgasmus tief aus meinem Inneren löst, streicht er mir zart übers Gesicht. Ich klammere mich fest an ihn und mein Körper erbebt in einer Art und Weise, dass es einem Kampf gleicht. Und tatsächlich zieht Andreas seinen anderen Arm auch noch unter mir hervor und hält mir die Hände überm Kopf zusammen. Ich kann mich nicht mehr bewegen, und das Zusammenziehen und Beben geht zurück in meinen Körper, da ich es nicht nach außen bringen kann.

Ich explodiere in Licht. Mein Kopf wird weit, weiter, alles wird weiß. Ich muss geschrien haben, aber ich weiß es nicht mehr so genau. Ich weiß nur, dass sich mein gesamter Körper in einem starken Krampf zusammenzog und sich eine so tiefe Anspannung löste, dass ich sofort zu weinen anfing.

Andreas gleitet sanft aus mir heraus und rollt sich auf die Seite. Er umarmt mich, und in seinen starken Armen schniefe und weine ich, wie ich es noch nie getan habe. Er zieht eine Decke sorgfältig um uns und streicht mir dann sanft über den Rücken.

„Lieber festhalten."

„Okay." Er umarmt mich fest. „Weine ruhig, lass alles raus. Ich habe Zeit."

Ich schmiege mich an ihn, und er erwidert den Druck. Seine Erektion ist abgeklungen, und ein bisschen habe ich ein schlechtes Gewissen.

„Jetzt bist du gar nicht gekommen."

„Darum musst du dir keine Gedanken machen. Hier geht es nur um dich."

„Aber ist das nicht schrecklich?"

„Nein, es ist ein Genuss. Ich kann das über Stunden."

„Das ist nicht dein Ernst."

„Mir geht es dabei nicht darum, zu einem Ziel zu kommen. Der Orgasmus ist für mich beim Sex zweitrangig. Es geht um den Genuss, um das Zusammensein."

„Und um die Liebe", witzele ich.

Er drückt mich sanft. „Ja, auch um die Liebe geht es", sagt er ernst, aber nicht vorwurfsvoll. „Das, was wir gemacht haben, das ist doch Liebe, oder nicht?"

„Ja. Trotzdem gibt es Birgit, die du doch auch liebst."

„Natürlich. Sie ist meine Partnerin. Mit ihr teile ich mein Leben. Das heißt aber nicht, dass ich nicht auch andere Frauen lieben kann, so wie dich jetzt."

„Dann liebst du jede Frau?"

„Im Grunde genommen schon, ja."

„Irgendwie finde ich das schön."

„Das ist es, Isabella, das ist es tatsächlich."

Er hält mich im Arm, bis ich eingeschlafen bin.

Am nächsten Morgen wache ich davon auf, dass Birgit mir über den Kopf streicht.

„Isabella, magst du aufstehen?"

„Oje, ich bin eingeschlafen."

„Das macht doch nichts."

„Du, Birgit, ich habe ein merkwürdiges Gefühl."

„Erzähle mir davon."

Sie setzt sich zu mir an die Matratze und streicht mir wieder übers Haar.

„Mit Andreas geschlafen zu haben, wo er doch dein Partner ist. Das beschäftigt mich."

„Was beschäftigt dich daran?"

„Dass du vielleicht böse auf mich bist."

„Nein, das bin ich nicht. Andreas kann so viele Frauen lieben, wie er möchte."

„Ehrlich?"

„Ja. Nur wer viele Menschen lieben kann, ist in der Lage, einen Partner wirklich zu lieben."

„Was ist mit Eifersucht?"

„Wenn sie aufkommt, was ganz normal ist, dann sprechen wir darüber. So bleiben wir in einem guten Kontakt."

„Ich kenne ein Ehepaar, das polygam lebt. Sie machen das ähnlich."

„Das ist schön, dass es für sie funktioniert."

„Meinst du, alle Menschen sollten so leben?"

„Nein. Das ist nichts für jeden. Es erfordert harte Arbeit und starke Nerven. Aber es ist auch sehr erfüllend."

„Ich glaube, ich könnte das nicht."

„Wenn es dir mit etwas nicht gut geht, dann tue es nicht."

„Das klingt so einfach."

„Das *ist* einfach."

Der Plural von Orgasmus

Nach dem Frühstück haben wir wieder ein Treffen in der großen Runde. Jeder kann erzählen, was er erlebt hat. Ich habe mich schon gewundert, dass niemand während des Frühstücks tratschte, wer mit wem und wie und wo. Aber hier gibt es nur offene Kommunikation. Eine Frau, Gertrud heißt sie, erzählt, wie schön es für sie war, von Martin massiert zu werden, ohne dass sie befürchten musste, dass er zudringlich wird. Sie konnte sich endlich einmal fallenlassen und die Berührung eines Mannes genießen.

Martin erzählt, wie gerne er Gertrud massiert hat, und dass er erst Angst hatte, etwas falsch zu machen, da er ja wusste, dass Gertrud Schwierigkeiten mit Berührungen hatte. Aber dann hat er es auch genossen, eine Frau zu massieren, „ohne ans Ziel zu denken", wie er es nennt.

Als ich an der Reihe bin, werde ich wieder knallrot.

„Ich ... ähm, ich habe mich mit Andreas vereinigt, und das war sehr schön."

„Ich fand es auch sehr schön", sagt Andreas sanft. „Du bist eine tolle Frau, sehr sinnlich."

Ich räuspere mich und erzähle weiter.

„Ich musste ziemlich viel weinen, weil sich in mir etwas gelöst hat, ich weiß nicht was, eine Anspannung. So als würde sich beim Orgasmus etwas ganz stark zusammenziehen und dann endlich loslassen, endlich Ruhe finden."

Ich sehe, dass Birgit Tränen in den Augen hat. Sie lächelt.

Ich lächele sie auch an. Ich merke, sie gönnt mir mein Erlebnis mit Andreas von Herzen. Sie ist eine wunderbare Frau.

Eine andere Frau, Marta, fängt an zu weinen, als sie das hört. Als Andreas fragt, was sie so berührt, erzählt sie, dass sie noch nie einen richtigen Orgasmus hatte. Und dass sie sich so sehr danach sehnt.

„Was fehlt dir?", fragt Andreas. „Was bräuchtest du, um dich fallenlassen zu können?"

Marta zuckt mit den Schultern.

„Vielleicht könnt ihr nachher eine Kleingruppe bilden, Isabella und du. Denn Isabella hat das Glück, sehr orgasmusfähig zu sein. Vielleicht kannst du mit ihr mal ganz unbefangen darüber sprechen."

„Das wäre mir lieber als mit einem Mann", sagt Marta erleichtert.

Wir bilden für den Vormittag Gruppen, die an verschiedenen Themen arbeiten. Ich bin tatsächlich in der Orgasmusgruppe und bekomme von Birgit und Andreas die Aufgabe, sie zu leiten.

„Ich?"

„Ja. Wir kommen zwischendurch mal vorbei und sehen nach euch."

„Nur Birgit, bitte", sagt Marta ängstlich.

„Ist in Ordnung", sagt Andreas verständnisvoll. „Dann ist das eine Frauengruppe, okay? Hängt das Schild auf, damit niemand außer Birgit euch besucht, ja?"

Ich nehme meine Gruppe mit in eines der Zimmer und sorge dafür, dass das Schild draußen hängt. Die anderen drei Frauen, mit Marta sind es noch Lene und Gertrud, sehen mich neugierig an. Ich frage erst einmal die anderen beiden, ob sie schon einmal einen Orgasmus hatten. Beide nicken, aber sie erzählen auch, dass es ihnen sehr schwerfällt, loszulassen.

Leider weiß ich auch nicht, wie ich ihnen erklären könnte, wie ich zum Orgasmus komme, und das sage ich ihnen auch.

„Ich weiß nicht, ob du dich traust", sagt Marta leise. „Aber ich würde gerne mal sehen, wie du das machst."

„Was mache?"

„Zum Orgasmus kommen."

„Wenn ich es mir selbst mache?"

„Ja."

„Macht ihr das nicht?"

Alle drei schütteln den Kopf.

„Im Ernst? Ihr masturbiert nicht?"

Sie schütteln wieder den Kopf.

„Da wird es aber Zeit", rutscht es mir heraus, und die anderen kichern.

„Kannst du uns das nicht zeigen."

„Das würde ich tun", sage ich, „aber ich schäme mich vor euch."

„Das brauchst du nicht. Wirklich nicht", versichern mir die drei einstimmig.

„Nicht dass ihr später über mich ablästert, über meine Cellulite oder so."

Lene lacht. „Na hör mal, wir sind schon Damen im gesetzten Alter, und du bist so ein junges Ding. Neidisch werden wir sein."

„Genau", fügt Gertrud hinzu.

„Und ich habe die Cellulite erfunden", sagt Marta und

zieht ihren Rock ein Stück nach oben. Sie hat tatsächlich lauter kleine süße Dellen auf den Oberschenkeln. Wir müssen furchtbar lachen, es herrscht eine aufgekratzte Stimmung.

„Wie wäre es, wir würden uns alle ausziehen und gleich versuchen mitzumachen? Dann können wir Fragen stellen und ausprobieren?" Gertrud ist hochrot im Gesicht, aber todesmutig. „Verdammt nochmal, das ist doch hier unsere Chance."

Sie legt einfach ihre Kleidung ab und setzt sich nackt wieder in den Kreis. Sie ist Mitte 40 und hat einen schönen, reifen Körper. Ein wenig gebräunt, ein paar Sommersprossen auf der Schulter, sanft geschwungene Brüste. Sie sitzt im Schneidersitz, man sieht ihre Venus.

Lene läuft auch rot an. „Verdammt nochmal", sagt auch sie. „Wir verlangen hier von Isabella, sie soll sich nackig vor uns hinlegen und masturbieren, da können wir gefälligst auch mal Flagge zeigen." Und auch sie legt alles ab. Sie hat fast ganz weiße Haut, üppige Brüste mit großen Vorhöfen, ein kleines Bäuchlein und festes Fleisch am Becken, ihre Schenkel sind muskulös und ebenso weiß. Sie hat sich rasiert, und ihre Schamlippen sehen ganz zart und weich aus.

Marta zögert kurz, dann zieht auch sie sich nackt aus. Sie ist die Älteste, Anfang fünfzig, ihrer Haut sieht man es ein wenig an, dennoch glänzt sie regelrecht, leuchtet in einer weiblichen Würde, wie sie da so nackt sitzt, mit aufrechtem Rücken, erwartungsvoll auf mich blickend.

Also tue ich den Damen den Gefallen und lege meine Kleidung ab. Als ich nackt dasitze, deutet Lene auf meine Brüste und sagt: „Die sind aber schön prall."

„Du bist insgesamt ganz wunderbar dick", ergänzt Gertrud. „Wow. Ich hatte bei jedem Gramm zu viel schon Komplexe, und jetzt begreife ich erst einmal, wie weiblich das ist."

Die Damen staunen über meine Üppigkeit. Ich spüre, am liebsten würden sie mich berühren, mein Fleisch anfassen.

„Also wenn ihr wollt ...", beginne ich, und schon streift Lene mit dem Handrücken über meine Brust. „Ooooh", macht sie. Gertrud greift mir an den Hintern. „So schön dick und fest", stöhnt sie, „Wahnsinn."

„Schafft die Diäten ab", schimpft Lene.

Wir müssen alle lachen.

„Wenn ihr so weitermacht, brauche ich nicht mehr selbst Hand anzulegen", witzele ich.

„Sollen wir dir helfen?", fragt Gertrud eifrig.

„Ich dachte, ihr wolltet es bei euch selbst ausprobieren?"

„Ja, stimmt."

„Aber deine Haut ist so schön glatt", protestiert Gertrud, die versonnen über meine Speckröllchen streicht.

„Ihr könnt ja mal anfangen, euch selbst zu streicheln", versuche ich sie von mir abzulenken.

Wir überlegen kurz, wir wir uns am geschicktesten positionieren. Und beschließen dann, dass ich mich auf die Matratze lege und anfange, und jede, die mitmachen möchte, sich dann einfach danebenlegt. Die anderen schauen erst einmal zu. Ich fasse es nicht, dass ich eine Schulstunde in Masturbieren gebe, und muss aufpassen, dass ich nicht kichere, sondern es schaffe, mich in eine erregte Stimmung zu versetzen.

„Also normalerweise masturbiere ich nur dann, wenn ich Lust dazu habe. Das ist jetzt eine merkwürdige Situation."

„Was würde dir denn Lust verschaffen?", fragt Lene.

„Hmm, ich denke an etwas, was mich antörnt."

„Der Sex mit Andreas gestern", sagt Gertrud spitzbübisch.

„Zum Beispiel." Ich muss lachen. Darüber würden sie also doch gerne etwas mehr erfahren.

Ich lege mich auf die Matratze zurück und beginne mir die Brüste zu massieren, nur um dann mit der linken Hand in Richtung meiner Klitoris zu wandern.

„Also ich stelle mir jetzt vor, ich wäre mit einem Mann zusammen. Er küsst mich. Er ist kräftig und hat ein bisschen Bauch, wie ich es mag. Ich freue mich schon darauf, dass er mir gleich die Beine auseinanderschiebt und in mich eindringen wird. Ich denke an seinen großen Penis und wie schön es sein wird, wenn er ihn in mich hineinschiebt."

„Oh großer Gott", ruft Gertrud aufgeregt.

Ich beginne meine Klitoris zu reiben. Ein bisschen schäme ich mich, doch als Lene sich neben mich legt und auch anfängt, sich zu berühren, traue ich mich weiterzumachen.

„Ich stelle mir vor, dass dieser Mann mich sehr begehrt. Er will mich, er will mich leidenschaftlich. Ich bin schon sehr erregt, weil ich ihn in mir spüren will."

Lene beginnt neben mir etwas lauter zu atmen.

„Ohh", macht Marta, „ich getraue mich nicht."

„Musst du nicht, musst du nicht."

„Aber es ist so interessant, dir zuzuschauen. Ich sehe, dass du feucht geworden bist. Damit habe ich solche Probleme."

„Warte ab, das kommt bei dir auch noch. Was würdest du dir vorstellen, Marta?"

„Ich weiß nicht."

„Überlege mal."

„Ich würde glaube ich auch gerne mal mit Andreas schlafen."

„Wie wäre das?"

„Das weiß ich doch jetzt noch nicht."

„Wie wäre es, wenn du selbst sagen kannst, wie es sein wird."

„Vielleicht würde er mich überall streicheln?"

„Das kann er gut", lüge ich. Gestreichelt haben wir uns ja nicht viel, aber ich will Martas Phantasie auf die Sprünge helfen.

„Ich stelle mir vor", mache ich mit dieser Geschichte weiter, um Marta anzutörnen, „dass Andreas mich überall streichelt. Oh, ist das ist schön. Er hat ganz zarte Fingerkuppen, und er streichelt mich überall, wo ich es möchte. Er nimmt sich Zeit und ist ganz liebevoll."

„Oje", sagt Marta, „das ist jetzt gemein."

Ich grinse. Und reibe weiter meine Klitoris.

„Marta, du musst deine eigene Phantasiegeschichte finden."

„Ich würde mir wünschen, dass er mich am Rücken und vielleicht an den Brüsten streichelt."

„Ja, er streichelt nur deinen Rücken und deine Brüste. Er ist ganz vorsichtig und drängt dich nicht", erzähle ich weiter. „Er hat alle Zeit der Welt. Er braucht es nicht, in dich einzudringen, er genießt es einfach, dich zu streicheln. Deine Haut zu spüren. Er hat alle Zeit der Welt", wiederhole ich, als ich höre, wie Marta schnieft.

Auch Gertrud legt sich auf die Matratze. „Wie machst

du das mit der Klitoris?", fragt sie flüsternd.

„Ich suche den Punkt, an dem es sich am besten anfühlt, das ist so eine kleine, knubbelige Erhebung. Die reibe ich dann ganz sanft. Du musst ausprobieren, wie es sich für dich am besten anfühlt. Und dann einfach weiter reiben."

„Oh großer Gott", sagt sie nach einer Weile. „Und was mache ich, wenn ich tatsächlich komme?"

„Dann machst du noch ein bisschen weiter, denn manchmal kommst du erst richtig, wenn du denkst, du bist schon gekommen."

„Oh großer Gott", sagt Gertrud wieder, und ich spüre, wie sie an sich herumtastet.

„Marta, soll ich mal zum Orgasmus kommen und du schaust mir dabei zu, und dann kümmere ich mich um dich?"

„Ja, gerne."

„Oh, ich bin so geil", sagt Lene lachend. „Da habe ich jahrelang Sex und am geilsten bin ich mit drei Frauen im Raum. Wenn das mein Exmann wüsste." Sie muss herzhaft lachen, und Gertrud und ich stimmen fröhlich mit ein.

„Was stellst du dir vor, um zu kommen?", fragt Marta.

„Das ist aber jetzt individuell eine meiner Phantasien."

„Macht nichts", sagt Marta, und schnaubt sich die Nase.

„Ich stelle mir vor, dass der große, kräftige Mann mir mit festem Griff die Schenkel auseinanderdrückt und seinen prallen Penis in mich einführt. Ich spüre ihn in mich gleiten, und er füllt mich richtig aus, er pulsiert regelrecht in mir."

„Oh großer Gott", stöhnt Gertrud wieder.

„Er beginnt mich leidenschaftlich zu stoßen, fester und schneller und immer fester. Er fickt mich richtig durch." Ich reibe meine Klitoris schneller und schneller, während die Bilder mir durch den Kopf schießen.

„Ich spüre ihn tief in mir drin, er stößt mich und stößt mich mit seinem großen, dicken, festen Schwanz."

Ich reibe noch heftiger, noch schneller, ich spüre, dass meine Schamlippen schon angeschwollen sind und die Klitoris groß heraustritt. Wie das wohl aussieht? Vielleicht kann Marta mir das später erzählen. Ich spüre, wie sich die gesamte Lust in der Klitoris zusammenzieht, in einem winzigen Punkt, und ich komme bebend und laut atmend.

Alle sind still. Ich höre, dass Lene sich noch berührt, ganz leise. Ich streichele mich weiter, reibe nun mit mehreren Fingern zwischen meinen Schamlippen. Es ist ganz nass dort, und alles ist ganz sensibel. Es bereitet mir große Lust, mich so zu berühren, und ich reibe auf und ab.

Neben mir atmet Lene schneller, doch dann bricht sie ab. „Ich kann nicht, ich kann nicht", sagt sie traurig.

„Hör auf, dich unter Druck zu setzen. Das funktioniert nicht. Sobald du denkst, du musst kommen, kannst du nicht mehr kommen."

„Aber ich muss doch irgendwann kommen."

„Warum denn das? Du musst doch nicht kommen. Das ist doch völlig egal. Macht dir das Masturbieren denn keinen Spaß?"

„Doch."

„Dann mache es doch einfach weiter, und irgendwann kommt alles ganz von selbst."

„Ach so."

Wir kichern, und ich sehe mit einem Seitenblick, dass auch Gertrud ganz fleißig an sich herumspielt. Nur Marta sitzt mit hochrotem Kopf da und weint.

„Was brauchst du?", frage ich sie.

„Ich weiß nicht, wo ich mich berühren soll. Kitzler und so, ich bin nie wirklich aufgeklärt worden." Sie schnieft. „Tut mir leid."

„Okay, ich helfe dir." Ich klettere von der Matratze herunter.

„Hast du gesehen, wie ich das gemacht habe."

Sie nickt. „Das war sehr eindrucksvoll."

„Hast du gesehen, wo genau ich mich berührt habe?"

Sie schüttelt den Kopf.

„Leg dich mal hin und taste mal zwischen deinen Schamlippen herum, einfach nur zum Testen."

„Oje", sagt Marta, gehorcht dann aber. Sie stellt ihre Beine auf und sucht zwischen ihren Schamlippen.

„Da ist ein Punkt, der ganz sensibel ist, wenn du ihn berührst."

Sie sucht, plötzlich zuckt sie zusammen.

„Oje", sagt sie wieder.

„Berühre ihn nochmal", fordere ich sie auf.

Sie zuckt wieder, als sie ihn berührt.

„Und das machst du jetzt ganz lange."

„Und dann?"

„Dann kommst du irgendwann."

„Nein, das glaube ich nicht."

„Wenn du es nicht ausprobierst, erfährst du es nie."

Sie nickt gehorsam und macht sich ans Werk.

Ich schaue nach den anderen beiden. Sie masturbieren fleißig, sie scheinen jeweils ihren eigenen Rhythmus gefunden zu haben. Lene reibt sich die Klitoris mit dem Daumen, sie ist ganz nass und ihre Schamlippen sind satt und rot hervorgetreten. Sie zuckt ein bisschen und stöhnt leise.

Gertrud reibt sich mit der flachen Hand zwischen den Schamlippen und windet sich. „Oh", macht sie leise, „oh oh."

Am liebsten würde ich auch gleich wieder masturbieren. Da öffnet sich leise die Tür und Birgit schleicht herein. Sofort erschreckt sich Marta und tastet nach etwas Kleidung.

„Es ist alles in Ordnung", flüstert Birgit, „ich bin es nur." Und sie zieht sich auch schnell aus. Sie hat ein wunderbar rund geformtes Becken und recht flache Brüste, deren dunkelrote Vorhöfe auf ihrer hellen Haut regelrecht leuchten. Sie kniet sich neben Marta, die sofort ihre Hand ergreift. Ich lege mich wieder zu Lene und Gertrud auf die Matratze und arbeite an einem zweiten Orgasmus. Gertrud beginnt etwas lauter zu stöhnen.

„Oh oooh oh großer Gott", entfährt es ihr, und dann sitzt sie plötzlich aufrecht und schaut ganz verdutzt. „Was war das denn?"

„Weitermachen", sage ich schnell, „leg dich wieder hin und mach weiter."

Und flugs legt sie sich wieder hin. Sie war gerade am Ansatz eines Orgasmus, ist mein Eindruck, und wir würden bestimmt noch mehr erleben.

Ich habe recht. Gertrud beginnt recht bald lauter zu stöhnen, und ich fordere sie auf, es rauszulassen, feuere sie an. Ich weiß zwar, dass ich bei Männern immer die Krise bekomme, wenn sie Dinge sagen wie „ja, komm, komm", weil ich immer denke, sie wollen mit mir fertig werden, aber bei Gertrud merke ich, dass sie etwas unterdrückt, dass etwas noch nicht herauskommen kann.

Und jetzt wird sie wirklich lauter, und dann atmet sie heftig, „ohje", macht sie, „ohje", während sie schweißüberströmt zuckt.

„Oh Gott, oh gottogott, ich komme", sagt sie dann laut. Und sie kommt. Ihr Körper streckt sich, sie biegt sich richtig durch, stellt sogar die Beine auf und drückte das Becken nach oben, während sie sich weiter die Klitoris reibt. Dann sinkt sie wieder zurück.

„Wie geil", ruft sie, „wie geil das war!"

Ich suche eine Decke und lege sie über Gertrud, damit sie sich gut entspannen kann.

Birgit hält Marta im Arm, während diese zaghaft an ihrer Venus herumspielt. Ab und an flüstern sie, und Birgit streicht ihr mit einer Hand sanft über den Schenkel.

Lene ist auch soweit. Sie atmet zwar ein bisschen tiefer und sie bewegt sich kaum, aber als sie ein paarmal zuckt und sich dann selig lächelnd auf die Seite legt, weiß ich, sie gehört zu den stillen Genießern. Auch über sie breite ich eine Decke. Gertrud streckt ihren Arm aus, und Lene kuschelt sich hinein.

Ich sehe zu Birgit. Sie winkt mich zu ihr. Ich setze mich zu ihr und Marta, die mittlerweile wieder weint.

„Marta, wie können wir dir helfen?"

„Ich möchte so gerne einfach mal einen Orgasmus haben. Das tut mir so leid, mich erregt es einfach nicht."

„Was würde dich erregen?"

„Gestreichelt werden."

„Auch von uns?"

„Ich glaube schon", sagt sie zaghaft.

„Möchtest du sie streicheln?", fragt mich Birgit, und ich nicke. Also streicheln wir Marta, ihre schöne Haut, und sie bekommt bald eine Gänsehaut. Das ist schön. Ich versuche herauszufinden, an welchen Stellen ich einen kleinen Schauer bei ihr auslösen kann, und schon bald bin ich bei ihren Schenkeln angekommen. Als ich auf den Oberseiten angelangt bin, öffnet sie ihre Beine ganz leicht und ich wandere mit meiner Hand ein ganz klein wenig weiter nach innen und streichele weiter hoch und herunter. Sie öffnet ihre Beine ein klein wenig mehr, und ich beginne sie zwischen den Beinen zu streicheln, an den Oberschenkeln auf und ab, immer näher zu ihrer Venus hin. Ich schaue Birgit an, und sie nickt. Sie streichelt Marta die Brüste, ganz zart und geschickt. Sie macht das sehr liebevoll. Es ist eine Wonne, ihr dabei zuzuschauen.

Marta hat den Kopf zurückgelegt und die Augen geschlossen. Sie lächelt leicht, gibt sich unseren Berührungen endlich hin. Also wage ich es, sanft von außen über ihre Venus zu streichen, und sie beginnt leise zu stöhnen.

Ich streichele sie weiter, ganz zart und leicht. Sie atmet tiefer, und ich lasse meine Fingerkuppen ganz sanft über den Ansatz ihrer Schamlippen gleiten, woraufhin sie ganz leicht zusammenzuckt. Also mache ich genauso weiter, und ihr Körper ist plötzlich aufmerksam gespannt.

Ein wenig mehr Druck, und schon bin ich zwischen ihren Schamlippen. Da sie nicht sehr feucht ist, fürchte ich ihr die Lust zu nehmen, also tauche ich ganz vorsichtig einen Finger in ihre Pforte, um ihn anzufeuchten. Sie zuckt erst zusammen, aber als ich ihn ganz ruhig halte, stöhnt sie leise. Ich ziehe den nassen Finger heraus und gleite mit ihm wieder nach oben, zwischen ihre Schamlippen. Sie atmet tief und schnell ein, öffnet die Augen und sieht mich erstaunt an.

Dann legt sie den Kopf wieder zurück. Ich habe das Signal verstanden und gleite immer wieder mit dem Finger von ihrer Pforte bis zu ihrer Klitoris und zurück. Sie atmet heftiger, schneller, bewegt ihre Beine ein wenig, dann das Becken. Ich beschließe, ihr jetzt ein für alle Mal deutlich zu machen, wo ihre Klitoris ist, und beginne, sie mit meinem angewinkelten Zeigefinger zu reiben.

„Hilfe", macht sie, dann bricht es sich Bahn. Sie zuckt und zuckt, und Birgit hilft mir, sie im Zaum zu halten, damit ich sie durch den Orgasmus führen kann. Es ist gar nicht so leicht, auf ihren Kitzler konzentriert zu bleiben, aber es gelingt mir. Sie wird auch immer feuchter, und so gleitet mein Finger bald richtig flink über ihren Lustpunkt.

„Nein, aufhören!", ruft Marta, aber als ich Birgit anschaue, schüttelt die den Kopf. In diesem Fall werden die Regeln wohl außer Kraft gesetzt. Ich reibe sie weiter. Sie zuckt.

„Nein, nein", ruft sie, und Birgit hält sie fest, während ich stetig weitermache.

Und dann krallt Marta sich in Birgits Arme, setzt sich fast ganz auf und kommt mit einem so tiefen, kehligen Stöhnen, dass es auch mich sehr stark erregt.

Es ist, als würde ein wildes Tier aus einer langen Gefangenschaft befreit. Marta schreit, und ich mache einfach weiter. Sie zuckt, bäumt sich auf, versucht um sich zu schlagen, aber Birgit bleibt ganz ruhig, fängt ihre Arme ab und hält sie.

Irgendwann ebbt es ab, und ich nehme meine Hand weg. Marta fällt weinend in Birgits Arme.

„Oh war das schön", flüstert sie. „War das ein Orgasmus?"

Gefesselt

Abends gab es noch Ganzkörpermassage mit wohlduftenden Ölen und sexfreies Gruppenkuscheln, und ich habe tief und fest geschlafen. Heute beginnen wieder neue Workshops. Es soll diesmal für diejenigen, die sich das zutrauen, auch um „richtigen" Sex gehen, auch Rollenspiele und Experimentier-Gruppen stehen auf dem Programm.

Während der gemeinsamen Morgenrunde versuchen Andreas und Birgit die Bedürfnisse jedes Einzelnen herauszufinden. Da wir am Morgen und am Nachmittag Zeit haben, soll jeder einmal Wunsch-Erfüller und einmal Wunsch-Empfänger sein. Jeder soll frei heraus sagen, was er sich wünscht. Und tatsächlich ist auch einmal mein Name dabei.

„Ich würde gerne von einer Frau dominiert werden. Sie soll mich fesseln, ich will völlig die Kontrolle verlieren. Am liebsten wäre mir auch eine körperlich große und kräftige Frau, so wie Isabella."

Christian ist selbst relativ groß und kräftig, ein stattlicher Mann von Anfang vierzig. Er hat dunkle, kurze Locken mit einigen grauen Strähnen darin, einen kernigen Dreitagebart und einen kompakten Bauch. Er wirkt sympathisch, aber auch ein bisschen gehemmt. Vielleicht traut er sich einfach nicht, selbst sexuell aktiv zu werden, und möchte deshalb lieber, dass die Frau das übernimmt.

„Was versprichst du dir von der Aufgabe der Kontrolle?", hakt Andreas nach.

„Mehr Genuss. Und ich habe das Gefühl, im Rahmen eines Seminars könnte ich eine solche Erfahrung machen, ohne meine Beziehung zu gefährden und ohne dass meine Grenzen zu sehr überschritten werden."

Ach ja, stimmt. Christian war der Mann, dessen Frau denkt, er ist auf Geschäftsreise. Birgit und Andreas haben ihn schon bekniet, wieder Ehrlichkeit in seine Partnerschaft zu bringen, auch wenn es dann mal kracht. Laut Birgit und Andreas würde dann auch ihr Sexleben wieder in Schwung kommen.

„Isabella, traust du dir zu, Christian verantwortungsvoll zu dominieren, und möchtest du diese Spielart einmal ausprobieren?"

„Ich würde gerne ein Safeword ausmachen, damit ich auch wirklich weiß, wo die Grenze ist." Ich kenne dies aus den Erzählungen von Alexander, der schon so ziemlich alles ausprobiert hat.

Christian nickt.

„Ich schlage das Wort ‚Rubin' vor."

Christian nickt glücklich.

„Und ich müsste wissen, was du unter Dominieren genau verstehst."

Christian nickt. „Das erkläre ich dir gerne."

Da es noch ein weiteres Pärchen für Rollenspiele gibt, beschließen Birgit und Andreas, dass wir zu viert in einen Raum gehen, damit wir uns im Notfall beistehen können. Sie behalten sich auch das Recht vor, immer mal wieder vorbeizukommen.

Juliane und Hermann sind das zweite Paar, denn Juliane möchte absolute Hingabe erfahren, und Hermann ist mit Eifer dabei und sucht Tücher, mit denen er ihr die Hände binden kann. Und da ich jetzt die Dominante bin, schicke ich Christian auch alles zusammensuchen, was er braucht, und richte mit Juliane derweil den Raum her.

Wir hängen dunkle Tücher in die Mitte des Raumes, damit ein wenig Sichtschutz besteht, wir aber alles hören und gegebenenfalls eingreifen können.

„Weißt du", erklärt mir Juliane, „ich möchte wirklich ein bisschen Schmerz haben, also erschrecke bitte nicht, wenn ich mal aufschreie."

„Okay. Aber wenn du ‚Rubin' sagst, bin ich schneller bei dir, als du mit der Wimper zucken kannst."

„Das ist gut zu wissen. Aber Hermann ist glaube ich vertrauenswürdig."

Ich nicke. Aber ein unerfahrener Mann ist immer eine Gefahr, denke ich. Besser ist es schon, dass wir hier zu mehreren sind. Ich kann ja auch Fehler machen. Aber vor allem hoffe ich, dass ich autoritär genug auftreten kann. Doch Christian wird sich nicht ohne Grund mich ausgesucht haben. Offenbar hält er mich für imposant genung, um seine Domina zu spielen.

Ich beobachte Juliane beim Herrichten des Raums. Sie hat auf mich gar nicht devot gewirkt, eher ganz munter und patent. Sie hat eine schlanke Figur mit etwas kräftigem Becken, braune schulterlange Haare und ein spitzbübisches Lächeln. Ihre Augen leuchten grün, und sie hat volle, sinnliche Lippen. Ich kann mir vorstellen, dass sie beim Sex recht viel Spaß hat, denn auch schon bei der Massage gestern habe ich sie immer wieder lustvoll stöhnen gehört.

Als Christian mit seinen Utensilien angekommen ist, gibt er uns die Information weiter, dass Andreas an der Wand Haken eingedreht hat, in die wir die Tücher hineinbinden können, wenn wir die Hände fixieren wollen. Und tatsächlich, als wir die Kissen von der Matratze nehmen, finden wir die dicken, stabilen Haken in der Wand. Sehr praktisch.

Mit Hermann, der noch eine Leder-Rute aufgetan hat, setzen wir uns erst einmal in einen Kreis und sprechen uns ab. Es ist wichtig, genau zu wissen, was unsere beiden „Sklaven" erleben möchten. Während

Juliane mit Hermann das Drehbuch recht genau festlegt, möchte Christian, dass ich auch ein wenig kreativ werde. Ich werde mein Bestes geben, denn ich weiß, ich habe eine verantwortungsvolle Aufgabe übernommen.

Als Erstes weise ich ihn also an, sich auszuziehen und sich mir zu präsentieren. Er gehorcht sofort, legt seine Sachen ordentlich neben die Matratze und steht dann in seiner ganzen dicken Pracht vor mir. Er ist kräftig gebaut, ein wenig behaart auf der Brust, und sein Bauch ist stramm und fest. Sein Penis ist bereits erigiert, er ist dick und fleischig, seine fast violette Eichel wölbt sich leicht hervor.

Ich deute mit dem Finger auf den Boden, und sofort kniet er nieder.

„Dreh dich um und zeige mir deinen Arsch", sage ich mit so fester Stimme ich kann.

Er gehorcht wieder, dreht sich um und hält ihn mir entgegen.

„Geh mit dem Kopf runter."

Er legt die Arme auf dem Boden ab und stützt seinen Kopf auf die Unterarme. Christian hat mir einen dünnen, biegsamen Gummistock gegeben, mit dem er geschlagen werden möchte. Da ich es albern finden würde, Lehrerinnensprüche zu bringen wie „Warst du auch brav? Nein? Dann setzt es was!", beschließe ich, ihn erst einmal festzubinden. Das halte ich für effektiver. Er will Hingabe. Er bekommt Hingabe.

„Das Gleiche jetzt auf der Matratze, sodass ich deine Hände binden kann."

Auf Knien rutscht er vorwärts, hält die Hände in der Nähe des Hakens. Ich wähle ein relativ weiches Tuch und binde ihm die Hände so zusammen, dass dazwischen eine Art Knoten sitzt. Diesen hänge ich in den Haken ein.

Christian stöhnt, als er mir nun seinen Hintern wieder entgegenstreckt. Den Kopf hat er jetzt zwischen den Ellenbogen, er zittert am ganzen Leib.

„Willst du, dass ich dich züchtige?"

„Ja. Bitte."

Ich tue es, ziehe einen zarten Streich über seinen Po, und er stöhnt leise auf.

„Ein bisschen fester kannst du es schon machen, Isabella ... Herrin."

Das kann er haben. Ich schlage ein wenig fester zu, und er stöhnt jetzt lauter.

„Ja!"

Er erschaudert.

Ich schlage nochmal.

„Ja!"

Er bebt am ganzen Körper.

Ich schlage nochmal.

Er stöhnt tief und laut. „Ist das geil", schreit er.

„Leise!", befehle ich, denn Juliane und Hermann sind ja auch noch im Raum. Ich höre Juliane leise und tief stöhnen; was Hermann genau mit ihr macht, kann ich leider nicht sehen. Vielleicht wage ich später mal einen Blick durch die Tücher.

„Ja, Herrin", flüstert er. „Ich gehorche."

„Da tust du gut daran", sage ich leise, aber bestimmt. Und dann gebe ich ihm gleich noch eins drüber.

Er erschaudert und stöhnt leise.

Ich schlage ihn jetzt in unregelmäßigen Abständen, sodass er nie weiß, wann der nächste Schlag kommt. Sein Hintern ist schon ein wenig rot, aber es scheint ihn immer noch geil zu machen. Er stöhnt und ächzt, und ich finde Gefallen an dieser dominanten Rolle.

„Dreh dich jetzt um", sage ich, als ich genug habe. Ich helfe ihm, sich mit dem Knoten aus dem Haken zu befreien und hänge ihn dann, als er auf dem Rücken liegt, wieder ein.

Er hat jetzt eine mächtige Latte, prall und aufrecht steht sie nach oben. Ich stelle mich breitbeinig über ihn.

„Das gefällt mir aber nicht", sage ich entschieden.

„Was denn, Herrin?"

„Deine Erregung."

„Ich kann nichts dagegen tun, Herrin."

„Ich möchte mit dir spielen."

„Tu, was du möchtest, Herrin. Mein Körper gehört dir."

Er sieht mich mit glänzenden Augen an. Ich streife mit der Rute langsam über seinen Oberkörper, und er erbebt. Ich halte ab und zu inne und gebe ihm ganz leichte Klapse auf den Oberarm und auf die Flanken, auf den Oberschenkel und den Bauch, und er windet sich, zerrt an dem Tuch, das Safeword sagt er aber nicht. Also gehört er immer noch mir.

Wir hatten ausgemacht, dass ein Teil des Rollenspiels sein würde, dass ich ihn mir einfach nehme. Meine weibliche Lust über ihn herüberrollen lasse. Und da er gerade so wunderbar erregt ist, greife ich mir unter den weiten Rock und ziehe meinen Slip aus.

Er stöhnt laut auf, beginnt sein Becken nach oben zu drücken, als wolle er zustoßen.

„Ruhig!"

„Ja. Ja", flüstert er und versucht sich zu beherrschen.

Ich hebe den Rock bis über die Knie an und stelle mich wieder breitbeinig über ihn. Dann setze ich mich auf ihn, packe seinen Penis fest mit der Hand, ziehe ihm einen Gummi über und führe ihn dann ohne zu Zögern direkt in mich ein.

„Oooooh", stöhnt er, und ich gebe ihm einen Klaps auf den Arm. Sofort beißt er sich auf die Lippen. Ich beginne mich auf ihm zu bewegen, vor und zurück, wiege mein Becken, und ihm beginnt der Schweiß zu laufen, er zittert, reißt an seinen Fesseln.

Ich reite ihn zu, und ich werde richtig wild. Ich will ihn. Er gehört mir. Ich lehne mich nach hinten und stütze mich auf seinen Knien ab, sodass ich Halt finde, nun kann ich mein Becken in weiten Bewegungen vor und zurück führen. Ich spüre die Reibung, es ist eine feste, fast schon schmerzhafte Reibung, und mich erregt das sehr.

Von hinter dem Vorhang höre ich es leicht klatschen, und Juliane stöhnt leise. Das macht mich auch an, und ich reite wilder und wilder, bis sich Christian schreiend und zuckend in mir ergießt.

Ich bin schweißüberströmt, doch als ich von ihm heruntersteigen will, fleht er mich an, einen Orgasmus auf ihm zu haben.

Das kann er gerne haben. Aber ich mache das natürlich nicht selbst. Ich klettere auf ihm nach oben und halte ihm meine Venus direkt vors Gesicht.

„Ja, geil, geil", sagt er. „Das habe ich noch nie gemacht."

„Sei ruhig und befriedige mich", fordere ich.

„Ja, Herrin, alles was du willst, Herrin", flüstert er. „Du machst mich so glücklich."

Und ich lasse mich ein wenig weiter herunter, sodass er mit seinem Mund gut an meine Schamlippen und den Kitzler kommt. Und er beginnt brav zu lecken. Ich stütze mich an der Wand ab, damit ich nicht zu viel Gewicht auf ihn verlagere, und genieße seine Sklavendienste.

Er leckt mich geduldig und ergeben. In ruhigem, stetigem Rhythmus, bis ich noch nasser werde. Dann saugt er meine Feuchtigkeit in sich hinein.

„Danke, Herrin", flüstert er. „Das ist Nektar für mich."

„Mach weiter", herrsche ich ihn an, „befriedige mich endlich!"

Sofort erledigt er wieder seine Aufgabe, und seine Zunge ist ganz weich zwischen meinen Schamlippen, er fährt mit ihr ganz zart über meinen Kitzler, das tut so gut. Ich genieße es, so geduldig geleckt zu werden, und dann komme ich ganz sanft, leicht bebend, wie eine Welle rollt es über mich. Er hält erst inne, als ich ruhiger werde.

Als ich von ihm absteige und mich neben ihn setze, hat er Tränen in den Augen.

„Geht es dir gut?", frage ich ihn besorgt.

„Ja. Danke, Isabella, danke."

Von Hermann und Juliane höre ich ein leise klatschendes, rhythmisches Geräusch, dem ich entnehme, dass er sie jetzt wohl durchfickt. Ich werfe einen neugierigen Blick zwischen zwei Tüchern hindurch. Er fickt sie tatsächlich, und zwar in den Anus, er zieht sie dabei an den Haaren, und sie genießt es sichtlich. Ihre zusammengebundenen Hände sind an einem Haken an der Wand festgemacht.

Zwischendurch klatscht er ihr mit der flachen Hand fest auf den Hintern, und dann gibt sie ein tiefes Stöhnen von sich.

„Du bist meine Stute", flüstert er leise. Und sie hält ihm noch williger ihren Arsch hin.

Da kommt mir eine Idee, was ich mit Christian noch anstellen könnte.

„Ich bin noch nicht fertig mit dir", kündige ich an.

Er bekommt ganz große Augen.

„Wirklich? Das wäre toll, Herrin!"

„Du willst doch die völlige Hingabe."

„Sag mir, was du mit mir vorhast", bittet Christian.

„Nein. Drehe dich wieder um."

Er stöhnt willig. Ich helfe ihm wieder mit den Fesseln, und als er wieder festgemacht ist und vor mir kniet, greife ich nach dem Gleitmittel. Wir haben nämlich nicht nur Kondome in einem kleinen Körbchen an der Matratze stehen, sondern auch eine kleine Auswahl an Spielzeugen.

Ich reibe einen etwas kleineren Dildo gründlich mit Gleitmittel ein, und verteile es auch auf meinen Händen. Ich führe langsam einen Finger in seinen Anus ein, und er stöhnt leise auf.

„Ja", sagt er, „ja."

Langsam und vorsichtig schiebe ich ihm dann den Dildo in den gelockerten Anus ein, und Christian bricht der Schweiß aus, er zittert am ganzen Körper.

Er stöhnt laut auf. Ich halte inne, ziehe den Dildo ein ganz wenig wieder hinaus. Christian bebt und zittert wieder, stöhnt leise. Ich schiebe ihn wieder einen Zentimeter weiter hinein, dann wieder sachte ein Stück heraus.

Er bebt jetzt am ganzen Körper, ist klatschnass geschwitzt.

„Ich ficke dich jetzt fester", kündige ich an.

Er stöhnt laut auf, als ich ihm den Dildo mit etwas mehr Kraft in den Anus schiebe und dann wieder herausgleiten lasse, das mache ich ein paar mal, während er seinen Hintern weiter nach oben streckt.

Ich mache weiter, während er seine Lust herausbrüllt, und irgendwann kommt er dann, heftig zitternd und bebend.

Ich ziehe den Dildo heraus und löse den Knoten an seinen Handgelenken. Er sinkt auf der Matratze zusammen. Ich lege meinen Arm um ihn, und er schmiegt sich an mich.

So liegen wir eine Weile, während neben uns Juliane

weiter gefickt wird. Sie stöhnt und stöhnt und stöhnt und stöhnt. Und es klatscht und klatscht und klatscht und klatscht. Hermann ist schön ausdauernd, denke ich mir. Vielleicht sollte ich meinen Nachmittagswunsch an ihn richten.

Aller guten Dinge sind drei

Nachmittags werden dann die Teams gewechselt. Alle aktiven Wunscherfüller dürfen jetzt ihre Wünsche äußern. Und da ich mächtig erregt bin – ich konnte mich beim Mittagessen schon kaum beherrschen und hätte mich am liebsten selbst berührt –, melde ich mich gleich als Erstes.

„Wenn es geht, würde ich gerne von zwei Männern geliebt werden, aber nicht gleichzeitig, sondern im Wechsel. Das würde ich gerne mal erleben." Ich zögere. Mein Wunsch hat noch einen weiteren Bestandteil, der mich etwas verlegen macht.

„Und am liebsten wäre es mir, es würden noch andere Männer dabei zusehen." Jetzt habe ich einen knallroten Kopf.

„Das ist kein Problem", erklärt Birgit, „hier in der Nähe gibt es einen Swingerclub, mit dem wir eine Verbindung haben. Du kannst entweder dort deine Partner suchen oder zwei Männer von hier mitnehmen."

„Mir wären Männer von hier lieber, dann fühle ich mich sicherer. Ich möchte nicht, dass mich da jemand angrabscht."

„Das wird wahrscheinlich nicht passieren. In diesen Clubs geht es sehr zivilisiert zu – es sei denn, man wünscht es anders", sagt Andreas schmunzelnd.

Und Birgit ergänzt: „Wer von euch Männern sich meldet, sollte sich darüber im Klaren sein, dass ihr dazu da seid, Isabella ihren Wunsch zu erfüllen. Wenn ihr einfach nur mal in einen Swingerclub gehen und hineinschnuppern möchtet, könnt ihr das immer noch tun. Wenn ihr mit Isabella geht, bedeutet das, ihr seid nur für sie da und lasst euch auch nicht ablenken."

Es melden sich sofort zwei Männer, es sind Hermann und Piet. Es ist gut, dass Hermann dabei ist. Er hat bei Juliane wirklich sorgfältig gearbeitet, das Ding konsequent durchgezogen und ihre Grenzen gewahrt. Er ist genau der Richtige, um mich zu beschützen und gleichzeitig dafür zu sorgen, dass ich nicht kneife.

„Es war so schön, dir zuzuhören, als du Christian durchgevögelt hast. Da habe ich richtig Lust bekommen, dich zu ficken."

„Aber ich mag es nicht anal."

„Soso, da hat also jemand durch den Vorhang gelinst", sagt er und rügt mich grinsend mit dem Zeigefinger.

„Ist das ein Problem für dich?"

„Nein, ich bestehe nicht darauf. Aber wenn du das machen möchtest, sag es mir. Da fackele ich nicht lange."

„Wahnsinn, Isabella, das wird ein Gelage, eine richtige Riesenschweinerei", freut sich Piet. „Endlich darf ich vor richtig vielen Leuten eine Frau ficken."

Piet ist Exhibitionist. Er hat es auf dem Wochenende geschafft, vom Zeigen seiner Genitalien auf Sex vor anderen umzusteigen. Dass jetzt richtig viel Publikum dabei sein wird, macht ihn richtig scharf.

♀ + ♂ + ♂

Der Club hat mit Andreas und Birgit einen Deal ausgehandelt, und da auf diese Weise „Frischfleisch" kommt, ist richtig viel los. Als die Männer mein üppiges Dekolleté sehen – Andreas und Birgit halfen mir beim Zusammenstellen des Outfits, das aus einem schwarzen Rock und einem Ledermieder besteht –, geht ein Raunen durch den Raum. Hermann und Piet nehmen mich links und rechts und lotsen mich zur Bar. Ich habe richtig wackelige Knie.

„Du brauchst nicht aufgeregt sein. Es werden nur die Männer zuschauen wollen, die auf dich stehen. Also so ziemlich jeder hier im Raum", witzelt Piet.

Er trägt einen Ledertanga und sonst nichts, er präsentiert mit Stolz seinen Körper – und seine nur von dem Fetzen Leder zurückgehaltene Erektion. Er ist kräftig, bärig und muskulös, sein Oberkörper fühlt sich ganz fest an, wenn ich ihn zufällig streife. Wir stoßen mit einem Glas Sekt an. Hermann stellt sich direkt hinter mich und legt seine Hand auf meine Schulter. Er spürt, dass ich nervös und ängstlich bin, und macht deutlich, dass ich zu ihm gehöre. Ich bin ihm mehr als dankbar.

Dagmar stellt sich vor. Sie ist eine dralle Blondine von Ende 40 und die Dame des Hauses. Sie begrüßt jeden von uns einzeln und erzählt, dass sie mittlerweile eine gute Freundin von Birgit ist. Sie war selbst schon ein paar mal auf Tantra-Seminaren, und Birgit und sie tauschen sich gerne über neue Ideen aus. Birgit hat bisher aber nur ein paar mal ihre Runden gedreht und die Leute über ihre Wünsche und Vorlieben befragt. „Sie ist und bleibt doch Therapeutin", sagt Dagmar seufzend. „Dabei könnte sie einen Laden wie diesen wirklich aufpeppen."

„Dafür sind wir doch jetzt hier", sagt Piet mit stolzgeschwellter Brust.

„Gibt es etwas, das ich über euren Besuch wissen sollte? Habt ihr etwas Bestimmtes vor?", fragt Dagmar neugierig. Ich erzähle ihr von meinem Wunsch. Sie lächelt mich liebevoll an und streicht mir über die Wange wie eine Mutter.

„Ach, wie schön." Sie lächelt fröhlich. „Am besten geht ihr dazu auf die Spielwiese."

Wir betreten den Raum durch einen blickdichten Vorhang. Er ist achteckig, die Wände sind in einem dunklen, satten, sinnlichen Grün gehalten, mit schweren roten Sofas an zwei Seiten. Dort sitzen schon einzelne Männer, sie scheinen darauf zu warten, dass etwas passiert. Zur Mitte hin muss man zwei mit Teppichen ausgelegte Stufen hinuntergehen. Unten im Zentrum ist alles mit Matratzen und Kissen ausgelegt.

Hermann zieht mich gleich dorthin. „So, Isabella, los geht's. Dann wollen wir dir mal deinen Traum erfüllen."

„Ich habe Angst", flüstere ich. „Was ist, wenn die mich alle abstoßend finden?"

„Das glaube ich nicht. Warte mal ab."

Wir setzen uns in die Mitte auf die Matratze und Hermann umarmt mich gleich von hinten. Piet beginnt mich zärtlich zu küssen, streicht mir dabei langsam über die Brüste. „Hmmm", macht er, „du fühlst dich gut an."

Nervös bemerke ich, dass der Raum langsam voller wird. Ein paar Männer stehen jetzt oben auf den Stufen, zwei Besucher auf den Couches haben ihre Schwänze erwartungsvoll ausgepackt.

Plötzlich ist Dagmar da, der unverhoffte Auftritt eines Engels im genau richtigen Moment. Obwohl sie eine leise Ansage macht, hört ihr jeder aufmerksam zu.

„Diese junge Dame gehört heute Abend nur diesen beiden Herren. Sie dürfen alle gerne zuschauen, allerdings dürfen Sie nicht zugreifen oder der Dame mit ihren Säften zu nahe kommen."

Sie macht eine bedeutungsvolle Pause.

„Die Show kann beginnen."

Ein Luftzug, der Vorhang weht, und Dagmar ist verschwunden.

Piet beginnt mir das Mieder aufzuknöpfen, um meine Brüste herauszuholen. Ich spüre Hermann im Rücken, er streicht mir über den Nacken. Er hat eine mächtige Beule in der Hose, aber er lässt Piet beginnen. Das ist gut, denn so hilft Hermann mir über die erste Unsicherheit hinweg.

Piet lässt sich Zeit, er inszeniert es regelrecht. Und er macht das wunderbar. Als er meine Brüste endlich aus dem Mieder befreit hat, geht ein leises Stöhnen durch den Raum. Auch die anderen Männer greifen sich jetzt an ihre Schwänze.

Piet massiert meine Brüste, küsst mich und lässt sich halb auf mich sinken. Ich umarme ihn und schiebe seinen Kopf nach unten.

„Dein Wunsch ist mir Befehl, Liebste", sagt er laut und beginnt an meinen Knospen zu lutschen und zu lecken. Dann geht er tiefer, reißt das Mieder ganz auf und bewegt sich in Richtung Bauchnabel. Ich trage einen Rock, den Piet mir hochzuschieben beginnt. Hermann greift mir an die Brüste, reibt mit den Fingerspitzen meine Knospen, und ich bekomme eine Gänsehaut.

Piet richtet sich auf, als er meinen Rock so weit hochgeschoben hat, dass er in mich eindringen kann. Ich trage natürlich nichts darunter, und als die Männer meine Venus sehen, fangen die ersten an, sich zu reiben.

Das Licht ist gedimmt, und die Geräusche der onanierenden Männer sind wie eine leise Hintergrundmusik. Ich spüre den Drang, mich noch mehr zu zeigen, und reiße mir den Rock vom Körper. Einer der Männer atmet jetzt schwer, und als ich meine Beine spreize, verschnellert sich der Rhythmus der Onaniergeräusche.

Piet zieht seinen Tanga herunter, er hat eine mächtige Erektion. Sein Penis steht steif nach oben, die Adern darauf sind groß und gut zu sehen. Ich will ihn in mir haben und recke mich ihm entgegen. Er greift sich einen Gummi und zieht mich an den Schenkeln zu sich heran.

„Ich ficke dich jetzt durch", kündigt er an. Ich nicke. Hermann spielt immer noch an meinen Brüsten, er massiert sie kräftig, und da ich jetzt auf seinen Beinen liege, fühle ich seinen erigierten Schwanz an meinem Kopf.

Piet dringt stürmisch in mich ein und beginnt sofort, mich fest zu stoßen. Er fickt und fickt und fickt und fickt. Es tut mir gut, dabei von Hermann gestreichelt zu werden. Und weil ich weiß, wenn Piet nicht mehr kann, geht es gleich weiter, kann ich mich einfach fallenlassen. Heute werde ich auf jeden Fall genug bekommen. Ich werde so lange gestoßen werden, bis ich keine Lust mehr habe. Und ich werde dabei von Männern beobachtet, die mich auch gerne nehmen möchten.

Ich genieße es. Ich genieße es wirklich, so begehrenswert zu sein.

Einmal höre ich, wie einer der onanierenden Männer kommt, und das törnt mich richtig an. Piet ist unermüdlich, seinen großen Schwanz spüre ich gut.

„Du bist schön nass und weich innendrin", sagt er glücklich, was einige der Männer zu einem erneuten Stöhnen veranlasst.

Als Piet kommt, bin ich erst so richtig heiß. Ich erwarte sehnsüchtig, dass nun auch Hermann mich richtig rannimmt. Als sich Piet aus mir zurückzieht, bleibe ich mit gespreizten Beinen liegen, während Hermann und Piet die Plätze tauschen. Ich wage es sogar, mich ein wenig an der Klitoris zu streicheln, woraufhin einer der Männer sagt: „Macht sie doch noch ein bisschen geiler."

Und Hermann fackelt nicht lange. Er beugt sich zu mir herunter, schiebt mit geschicktem Griff meine Schamlippen auseinander und beginnt mir den Kitzler zu reiben. Sofort fange ich an zu keuchen.

Er drückt mir die Beine auseinander, beugt sich vor und leckt mich, bis ich mich vor Lust winde. Doch bevor ich kommen kann, löst er sich von mir und legt sich quer zu mir auf die Seite, zieht meine Beine über seine Hüfte und dringt von der Seite in mich ein. So spüre ich ihn tief in mir, während ich gleichzeitig für die anderen Männer gut sichtbar bleibe.

Piet streicht währenddessen sanft mit den Fingerspitzen über meinen Körper, sodass ich bald überall ganz kribbelig bin.

Hermann stößt mich in einem ruhigen, stetigen Rhythmus. Ich nehme ihn gerne in mich auf, diese Stellung ist wunderbar, weil die Stoßrichtung sich in mir ganz anders anfühlt, und meine Venus genießt diese neue Erfahrung. Und als Hermann mich eine Weile so genommen hat, ich auch schon schwerer atme, greift er mit der Hand wieder zwischen meine Beine und beginnt meinen Kitzler zu streicheln. Sofort mache ich mich noch weiter für ihn auf, und er stößt fester zu. Ich werde lauter, suche nach Piets Händen, und er hält sie, sodass ich besser Körperspannung aufbauen kann.

Ich bin so geil, so erregt, und ich habe das Gefühl, ich zeige es der ganzen Welt. Ich sehe im Halbdunkel die Schwänze der onanierenden Männer, es sind mittlerweile noch mehr geworden, vielleicht acht oder neun. Ich höre sie keuchen und bin selbst auch recht laut und hemmungslos geworden. Es macht mir Spaß, meine Lust herauszuschreien, und dass die anderen davon noch geiler werden, erregt mich zusätzlich.

Und dann geschieht etwas, von dem ich immer glaubte, es wäre ein Märchen. Ich komme so mächtig, so heftig, dass ich richtig viel Flüssigkeit verliere. Es ist ein so großes Loslassen in mir, dass alles nachgibt, es ist ein so ruhiges, sanftes Gefühl inmitten all der Erregung, und ein wenig erschrecke ich mich, weil ich nicht weiß, wie mir geschieht.

Als Hermann meinen Blick sieht, flüstert er schnell:

„Du ejakulierst, Isabella, kennst du das noch nicht?"

Ich schüttele leicht den Kopf.

„Dann wird es aber Zeit. Lass dich fallen, es ist alles gut."

Und ich lehne mich zurück und lasse Hermann weitermachen. Er stößt mich weiter, reibt auch weiter meinen Kitzler, und ich komme noch einmal so mächtig, dass ich mich mit dem ganzen Körper durchbiege und laut aufstöhne. Auch gebe ich wieder die Flüssigkeit ab, und ich genieße es, dass sie sich löst. Es ist das schönste Gefühl der Welt. Als Hermann nun auch in mir kommt, fühle ich mich in meinem Schoß so ruhig, so schwer und satt wie nie zuvor.

Endlich fühle ich mich so richtig rund und zufrieden.

Mann, o Mann ... Nr. 20 bis 28

Nr. 20 schickt mir nach zwei wunderschönen Abenden, der zweite mit Händchenhalten und innigem Abschiedskuss, eine SMS: „Meine Exfreundin will mich zurück. Es tut mir leid, aber ich liebe sie immer noch."

Nr. 21 erzählt von Liebe und Romantik, wir gehen schön aus und nähern uns an, als wir dann am zehnten Abend miteinander im Bett landen, ist er am nächsten Morgen verschwunden. Auf dem Küchentisch liegt ein Zettel: „Du warst eine harte Nuss, aber ich habe dich geknackt. Vielen Dank, liebe Isabella, für die genussreiche Nacht."

Nr. 22 taucht gar nicht erst auf.

Nr. 23: Wir verbringen ein schönes Wochenende miteinander, küssen uns, kuscheln, und am Sonntagabend endlich vereinigen wir uns zärtlich. Er verabschiedet sich mit den Worten: „Das war ein schöner

Ausstand. Morgen bin ich schon in Thailand, habe ich dir das nicht erzählt? Meine Firma hat mich ins Ausland versetzt. Ich bleibe ungefähr ein Jahr. Ich werde mich gleich bei dir melden, wenn ich wieder zurück bin. Wartest du auf mich?"

Nr. 24 wird mitten in unserem Gespräch auf dem Handy angerufen, beginnt zu telefonieren und verschwindet. Ich muss sogar seinen Kaffee zahlen, weil er schlichtweg nicht mehr aufzufinden ist. Auf seinem Handy ist die nächsten Stunden besetzt.

Nr. 25: Wir gehen dreimal miteinander aus und verstehen uns gut. Eine Woche später ruft er mich an. Er hat seine Traumfrau gefunden. Sie mailten sich schon seit Monaten, aber hatten sich nie getroffen. Deshalb dachte er, das wird nie etwas. Beim ersten Treffen mit ihr hat es gleich gefunkt. Er wünscht mir alles Gute und dass ich auch mal so ein Glück habe.

Nr. 26: Er sucht eine Frau, die ihm hilft, weil er psychisch schwer krank ist. Wenn er keine Frau findet, fängt er wieder an, sich die Arme aufzuritzen. Er zeigt mir die Narben, die er sich bei seiner letzten Trennung zufügte. Er mag dicke Frauen, denn die laufen nicht so schnell weg und sind dankbarer, überhaupt einen Freund zu haben. Sagt er.

Nr. 27 gibt im Gespräch plötzlich mit seinen Sex-Künsten an. Er ist der Beste, er hat den Größten. Auch sein Auto ist toll, sein Haus ebenso – dass er keine Yacht hat, ist ein Wunder (als ich im Spaß danach frage, ist er erst einmal beleidigt). Ich frage ihn, ob er denn wirklich eine feste Partnerin sucht. Er bejaht es. Der Grund: damit er nicht jeden Abend eine neue Frau aufreißen muss. Denn das ist ihm zu mühsam. Obwohl er so toll ist, dauert das ja doch immer ein bis zwei Drinks.

Nr. 28 und ich führen die schönsten, innigsten, liebevollsten Telefonate. Als es um ein Treffen geht, druckst er plötzlich herum.

„Weißt du, für eine Beziehung ist mir die Strecke zu weit."

„Sagtest du nicht, du wohnst in Wiesbaden? Das sind nicht mal 50 Kilometer."

„Von mir zu dir sind es exakt 48 Kilometer, um genau zu sein. Da kann man nicht eben mal spontan vorbeikommen. Hast du dir darüber mal Gedanken gemacht?"

„Ich hätte erst einmal geschaut, wie es mit uns läuft, und dann Lösungen für solche Problemchen gesucht."

„Das ist aber doch naiv irgendwie."

„Ist es das?"

Fuck off!

Ich habe so eine rasende Wut. Sollen sie mir doch alle wegbleiben mit ihren großen oder kleineren Schwänzen, ihrem Gefummele und Gelecke, ihren Vorzügen und Vorlieben, ihrem Getue und Gemache, ihren Ausreden und vor allem ihrer dummen Angeberei.

Ich habe die Schnauze so richtig voll von Sex. Keine Lust mehr. Ich will einen Mann, und zwar nur für mich, und ich will romantische Spaziergänge im Mondenschein, ich will kuscheln, ich will Telefonate bis tief in die Nacht, ich will mich streiten, bis die Teller gegen die Wand fliegen, ich will mich wieder versöhnen, bis die Sonne morgens aufgeht, ich will verrückte SMS schreiben und Liebesbriefe an den Kühlschrank heften.

Ich bin so wütend auf dieses ganze unverbindliche Daten, auf unverbindlichen Sex, unverbindliche Verbindungen. Bloß nichts fühlen, immer nur Spaß, rein und raus, auf und nieder, und das Herz immer beiseite lassen. Ich kann nicht mehr. Ich bin für solch ein Leben nicht gemacht.

Mir kommen die Tränen, während ich durch den Schnee stapfe, nun, man könnte auch sagen, ich trampele ihn nieder. Aber es ist mir egal, wie das aussieht. Nur heulen möchte ich nicht in der Öffentlichkeit.

Am besten gehe ich ins nächstbeste Café und wasche mir auf dem WC am Waschbecken mit kaltem Wasser das Gesicht. Eine heiße Schokolade wäre auch nicht schlecht. Als ich voller Wucht in Richtung der Eingangstür abbiege, renne ich gegen jemanden, kann mich nicht mehr auf den Beinen halten und rutsche auf den Boden. Ich plumpse ungelenk in den Schnee und möchte vor Scham im Erdboden versinken.

„Scheiße, Mist, verdammter!", rutscht mir dann auch noch heraus, aber das ist mir dann schon wieder egal, ich kämpfe mich hoch und sehe dann erst, dass der große Mann, gegen den ich gerannt bin, mir die ganze Zeit schon seine Hand hinhält, um mir aufzuhelfen.

„Geht es Ihnen gut?", fragt er. „Soll ich Sie zu einem Arzt fahren?"

Na klar, denke ich, und in einem Hollywood-Film wäre er selbst ein Arzt, und ich wäre eine schlanke Elfe, und während er mir liebevoll das Knie verarztet, würden wir uns in die Augen sehen und uns dann lieben bis in alle Ewigkeit.

„Nein, alles in Ordnung", sage ich und versuche an ihm vorbei ins Café zu gehen. Ich beginne wieder zu rutschen, und er packt mich schnell unterm Arm und um die Taille und schiebt mich zur Tür. „Kommen Sie, ich lade Sie zu einem Kaffee ein, das ist das Mindeste, was ich für Sie tun kann."

Ich will nicht. Ich habe die Schnauze so voll von Männern. Trotzdem rutscht mir das Wort „Kakao" heraus, und er lotst mich zu einem Tisch in einer Nische, hilft mir aus dem Mantel und verschwindet in Richtung Theke.

Ich setze mich. Und merke erst jetzt, wie sehr mir alles wehtut. Es ist vielleicht ganz gut, dass ich mich erst einmal ausruhe. Ich schaue mir meine Beine etwas näher an, an den Knien sind dunkle, nasse Flecke von Schnee und Straßendreck, ob Blut dabei ist, kann ich nicht erkennen. Ich würde gerne auf die Toilette gehen und nachschauen, aber es tut so gut, erst einmal sitzenzubleiben.

„Sie sehen ganz blaß aus", sagt er und stellt eine große Tasse Kakao mit Sahne vor mich. Na klar, die Dicken wollen immer Sahne. Ich bin immer noch so wütend, und gleichzeitig würde ich am liebsten weinen. Blöder Alexander, der gerade irgendwo irgendeine andere Frau vögelt, blöde freie Liebe.

Der Mann hat mittlerweile auch seinen Mantel ausgezogen und rührt löffelweise Zucker in seinen Pott mit schwarzem Kaffee. Er ist ungefähr Ende vierzig oder Anfang 50, recht kräftig gebaut, hat sonnengebräunte Haut und graues, sorgfältig frisiertes Haar. Seine Brille ist ganz filigran und aus Silber, er sieht sehr gepflegt aus, auch seine Hände, seine Nägel, alles ist ganz akkurat. Vielleicht ist er doch Arzt.

Sein Pullover ist dunkelblau, ein Hemdkragen aus etwas hellerem Blau schaut darunter hervor. Er legt die Arme auf dem Tisch ab, unter seinem Ärmel trägt er eine dezente silberne Uhr. Nichts protziges. Er scheint Stil zu haben. Auch seine Umgangsformen sind einwandfrei. Nicht jeder hätte eine Frau gleich auf einen Kakao eingeladen, nur weil sie auf ihn eingerannt ist.

Ich rühre in meinem Kakao, nehme einen Schluck, und die warme Süße tut mir gut. Ich wärme meine Hände an der Tasse und schaue vor mich hin. Ich kann ihm gar nicht in die Augen sehen, weil ich fürchte, gleich loszuheulen.

„Ich mache mir ein wenig Sorgen um Sie", sagt er sanft. „Geht es Ihnen wirklich gut?"

Und dann bricht es aus mir heraus. Ich schüttele mit dem Kopf und beginne zu weinen. Aber nicht nur, weil mein Körper schmerzt, sondern weil mein Herz mir so wehtut. Mir ist das so peinlich, aber ich kann es nicht mehr zurückhalten. Und zu allem Elend reicht er mir dann auch noch ein sorgsam gebügeltes Stofftaschentuch. Oh Gott, das will er doch dann nicht vollgerotzt wieder einstecken? Was mache ich denn damit?

Ich wühle in meiner Handtasche nach Papiertaschentüchern, die ich wegwerfen kann, und murmele ein „Das ist mir peinlich, Ihr Stofftaschentuch vollzuschneuzen", woraufhin er leise lacht.

„Ich würde es Ihnen auch schenken, wenn Ihnen das lieber ist."

Ich schüttele den Kopf.

„Bleiben Sie bitte noch eine Weile mit mir hier sitzen und trinken Sie Ihren Kakao. Vielleicht wenn der Schock weg ist, dass es Ihnen dann besser geht. Und dann würde ich Sie gerne nach Hause bringen, wenn ich darf. Wenn es Ihnen aber schlecht geht, fahre ich Sie zum Arzt."

„Ich kann doch nicht zu fremden Männern ins Auto steigen", witzele ich unfreundlich, „und dann in meinem Zustand!"

„Schön, dass Sie wieder scherzen können", erwidert er souverän, „ich hätte mir sonst noch ernsthafte Sorgen um Sie gemacht."

Ich schaue auf, ihm geradewegs in die Augen. Er hat graugrüne Augen, einen wachsamen und doch sanften Blick.

„Tut mir leid."

„Sie brauchen sich nicht entschuldigen. Sie stehen unter Schock."

„Nein, ich bin einfach zickig."

„Vielleicht haben Sie aber auch einfach Temperament."

„Na klar." Schon wieder diese Anspielungen. Ich bin

das alles so leid. Du hast ja so ein Temperament, bist bestimmt sehr beweglich im Bett, bla bla bla.

Doch nichts dergleichen. Er sitzt einfach nur da und schaut mir in die Augen. Ich mag es, wie er mich ansieht. Gleichzeitig werde ich ein wenig nervös. Und das nervt mich gleich wieder an mir selbst. Ich will doch mit diesen ganzen Geschichten nichts mehr zu tun haben.

„Hören Sie, ich möchte Sie nicht anbaggern oder wie man das heutzutage nennt. Und wenn ich Sie nach Hause fahren möchte, dann nur, um wieder gutzumachen, dass sie so furchtbar gestürzt sind."

Ich könnte schon wieder weinen. Er ist so nett, und mich überkommt eine solche Sehnsucht nach einem anderen Menschen. Er zückt wieder sein Stofftaschentuch, lässt es dann aber zurück in seine Tasche gleiten, weil ich erneut nach meiner Handtasche greife.

„Darf ich Sie fragen, was Sie so traurig macht?"

„Interessiert Sie das wirklich?"

„Natürlich. Eine weinende Frau, das kann ich so nicht stehenlassen. Darf ich jemandem für Sie auf die Füße treten? Oder ein Duell ausfechten?" Und er lächelt mich so liebenswürdig und spitzbübisch an, dass ich ein bisschen lachen muss.

„Na also", sagt er und lehnt sich zurück.

Ich nehme einen kleinen Schluck Kakao und beginne zu erzählen. Obwohl er ein völliger Fremder ist, tut es mir gut, dass er mir zuhört. Und er hört zu. Er spricht nicht dazwischen, stellt nur kurze Verständnisfragen, um die Zusammenhänge nachzuvollziehen, nickt zwischendurch und sieht mich immer wieder direkt an.

„Sie sehen also", schließe ich, „ich bin eine romantische alte Schlampe mit Übergewicht, die sich in den falschen Mann verliebt hat."

„Das sehe ich anders", sagt er ruhig.

Jetzt kommt's, denke ich.

„Sie sind eine junge, temperamentvolle Frau mit einem stürmischen Herzen. Sie genießen gerne, deshalb sind Sie üppiger gebaut als die meisten anderen Frauen. Dennoch denke ich, Sie sollten so bleiben, es passt einfach zu Ihnen. Dass Sie all diese sexuellen Eskapaden nun hinter sich haben, war ein Reifeprozess. Sie sind nun soweit, wieder eine feste Bindung einzugehen, weil sie wissen, dass Sie nichts verpassen. Auch wir Männer haben solche Phasen, man nennt das bei uns ‚die Hörner abstoßen'. Hat ein Mann dies hinter sich gebracht, ist das für die nächsten Partnerinnen von Vorteil. Und genauso wird es auch Ihrem nächsten Partner mit Ihnen ergehen."

„Falls ich jemals einen finde."

Diesmal lacht er lauter, es schüttelt ihn fast, aber dafür wahrt er zu viel Haltung. Erheitert schaut er mich an. „Ich hätte einen Vorschlag", sagt er. „Ich fahre Sie nach Hause, Sie verarzten sich und ziehen sich um, während ich im Auto auf Sie warte. Dann lade ich Sie zum Essen ein. Sie können sich aussuchen, wohin wir gehen. Und dann erzähle ich Ihnen eine Geschichte über mich, die mindestens genauso beschämend für mich ist wie Ihre Geschichte für Sie. Dann wären wir quitt. Was halten Sie von der Idee?"

„Quitt wären wir nur, wenn ich ihnen dann zum Nachtisch einen Kakao bezahle."

„Ich bitte Sie", sagt er würdevoll, „ich bin der Mann. Ich würde Sie niemals eine Rechnung bezahlen lassen."

Ein Prinz ist er, denke ich. Oder ein König. Als ich aufstehe, hilft er mir in den Mantel. Ich humpele bis zur Tür, und schon auf den Stufen hakt er mich unter und bringt mich sicher bis zu seinem Wagen. Oh Gott, denke ich noch, habe ich noch etwas Schönes anzuziehen im Schrank oder ist alles in der Wäsche?

Herzkönig

Richard, so heißt der Märchenprinz, bringt mich untergehakt bis zu meiner Tür und weigert sich, mit in meine Wohnung zu kommen.

„Sie denken sonst nur, ich hätte unlautere Absichten", sagt er und verschwindet wieder in seinen Wagen. Ich öffne meine Wohnungstür und stehe meinem Chaos gegenüber. Zum Glück wollte er nicht mit zu mir kommen, er hätte seine Einladung mit Sicherheit wieder zurückgenommen. Obwohl, wenn er auf temperamentvolle Frauen steht, dann ist so eine Bude genau die richtige Kulisse für mich, wie ich Teller werfe, mir die Haare ausreiße oder was er sich sonst so unter Temperament vorstellen mag.

Ich finde tatsächlich eine schwarze Hose und eine schöne dunkelrote Bluse und ziehe mich schnell um. Meine Knie sind etwas aufgeschürft, aber mit ein paar Pflastern bekomme ich das gut in den Griff. Frische Unterwäsche ziehe ich mir extra nicht an, damit ich gar nicht erst auf dumme Gedanken komme. Vorbei sind die Zeiten meines Lotterlebens, beschließe ich. Aus und vorbei.

Ich gehe vorsichtig die Strecke von der Haustür zum Wagen, und als er mich bemerkt, kommt er mir eilig entgegen, um mich bis zur Beifahrertür zu begleiten. „Es tut mir leid, ich habe Sie nicht gleich aus der Tür kommen sehen."

Er ist sehr zuvorkommend, und das rührt mich. Ob er sich wirklich so gerne um andere kümmert oder sucht er nur Körperkontakt? Ich schiebe den Gedanken beiseite und unterhalte mich mit ihm darüber, wo wir denn jetzt essen gehen. Am Ende sitzen wir uns bei einem Italiener gegenüber, zu dem er gerne geht, es ist richtig gemütlich mit Kaminfeuer und gedimmtem Licht. Die Kellner scheinen ihn zu kennen, er ist wohl öfter hier. Als ich die Karte aufschlage, erschrecke ich erst über die Preise, aber dann denke ich, was soll's, ich bin doch im Märchen. Warum genieße ich nicht einfach diesen Abend, tadele ich mich. Wenn er mehr will, kann er mich ja noch ein weiteres Mal treffen. Du musst doch nicht mit ihm ins Bett gehen, nur weil er dich schick zum Essen einlädt.

Und das Essen mit ihm ist wirklich wunderbar. Wir unterhalten uns über alles mögliche, Gott und die Welt, auch ein wenig über ihn. Er ist geschieden, keine Kinder, hat mehrere Firmen, aber die meisten werden von jemandem geführt, der etwas davon versteht, weshalb er nicht mehr allzu viel Arbeit damit hat.

„Ich habe früher sehr viel und sehr hart gearbeitet", erzählt er, „aber als ich krank wurde, musste ich lernen, alles so umzuorganisieren, dass ich zwar die Oberhand behielt, die Entscheidungsprozesse aber notfalls auch ohne mich ablaufen können. Als es mir besser ging, habe ich entschieden, nicht wieder voll ins Arbeitsleben einzusteigen, sondern nur hier und da lenkend einzugreifen. Das Geld dazu habe ich. Aber die Zeit läuft mir davon."

„Was haben Sie denn, wenn ich fragen darf?"

„Herzprobleme. Ich hatte nur Stress, habe geraucht wie ein Schlot, viel gefeiert, in Saus und Braus habe ich gelebt – und Frauengeschichten hatte ich, dagegen sind Ihre Eskapaden harmlos, meine Liebe. Und als ich dann den zweiten Infarkt hatte, wusste ich, was ich nach dem ersten nicht verstanden hatte: Entweder du änderst dein Leben oder du hast bald den dritten. Dazu kam, dass ich auf dem Weg zum zweiten Infarkt impotent wurde. Die Blutgefäße in meinem damals noch besten Stück wurden in Mitleidenschaft gezogen."

„Oh." Ich weiß gar nicht, was ich dazu sagen soll. Es tut mir sehr leid für ihn. Er ist so nett, so gütig. Er hat mich nicht verurteilt für mein Lotterleben, und jetzt erzählt er mir etwas, das viele Männer verheimlichen würden.

„Anfangs habe ich mich sehr geschämt. Es war, als wäre mit meiner Fähigkeit, eine Erektion zu bekommen, auch meine Männlichkeit den Bach heruntergegangen. Es war furchtbar. Ich wollte meine Geliebten nicht mehr sehen, die Herzoperation saß mir auch noch in den Knochen, ich habe damals alles abgesagt und bin in eine Reha-Klinik gegangen. Dort kam ich zum ersten Mal seit Langem zu mir, ich habe sogar viel mit dem Psychologen gesprochen, ein aufgeschlossener junger Mann. Am Ende habe ich dann verschiedene Entscheidungen für mein Leben gefällt. Von der einen erzählte ich Ihnen, nämlich davon, mich nicht mehr kaputtzumachen für Geld, für Prestige, das ist alles nicht so wichtig wie die Gesundheit. Wir haben nur dieses eine Leben."

Ich nicke.

„Und dann habe ich noch etwas in Hinblick auf Frauen entschieden." Er schaut mich direkt an.

„Ich habe mir gesagt, du brauchst eine Frau, mit der du dein Leben leben kannst, mit der du dich unterhalten kannst, die genügend Herz hat, genügend Verständnis für meine Lage, eine liebenswerte Frau. Gleichzeitig ist mir bewusst, dass ich einer Frau nicht das geben kann, was sie braucht. Natürlich gibt es auch Frauen, die keinen Sex wünschen, aber mir hat noch keine davon gefallen." Er lächelt milde.

Ich räuspere mich. „Und haben Sie eine Lösung dafür gefunden?"

„Vielleicht sitzt sie vor mir."

„Was? Ich?"

„Nun ja", sagt er, „wenn wir uns näher kennenlernen,

werden Sie vielleicht feststellen, dass ich gewisse Vorzüge habe. Ich bin reich genug, um Ihnen Annehmlichkeiten zu bieten, ich bin ein guter Gesprächspartner, ich habe auch die Zeit, mich um Sie zu kümmern. Wir könnten ins Theater gehen, reisen, was immer Sie möchten."

Ich bin doch nicht käuflich, denke ich noch, aber er hat auch dies vorausgesehen.

„Glauben Sie bitte nicht, dass ich Sie als Ausgehpüppchen anheuern möchte. Darum geht es mir nicht. Voraussetzung wäre für mich schon, dass wir Gefühle füreinander entwickeln. Ich würde mit Ihnen auch das Bett teilen, sie streicheln und zum Orgasmus bringen. Ich würde Sie nicht vernachlässigen. Nur begatten kann ich Sie nicht."

Ich weiß nicht, warum ich nicke, aber offensichtlich nicke ich. Sein Vorschlag ist interessant, aber scheint mir nicht durchführbar. Wie stellt er sich das vor?

„Da ich nicht zur Eifersucht neige, würde ich Ihnen anraten, einige Male pro Woche richtigen Sex zu haben, damit Sie nichts entbehren müssen. Danach können Sie gerne zu mir ins Bett kriechen, wo ich Sie halte, bis Sie eingeschlafen sind. Je nachdem, ob Sie sich dann sicherer fühlen, würde ich auch zuschauen und auf Sie achtgeben."

„Das meinen Sie nicht ernst."

„Das ist das, was ich Ihnen als Mann bieten könnte. Ich denke, es ist immer sinnvoll, gleich von Anfang an mit offenen Karten zu spielen."

„Aber ich müsste mich doch auch in Sie verlieben, oder nicht?"

„Sie sind schon auf dem besten Wege dahin, meine Liebe. Oder merken Sie das nicht?"

Um den peinlichen Moment zu überspielen, erwidere ich schnell: „Und was ist mit Ihnen?"

„Wenn bei mir noch alles intakt wäre, wüsste ich schon, was ich mit Ihnen gerne tun würde."

„Ist das nicht eine Qual für Sie?"

„Nein. Ich kann ja zum Orgasmus kommen, nur die Erektion nicht halten."

„Wie kann ich mir das erklären?"

„Das können wir ja später ausdiskutieren, wenn wir uns näher kennen."

Ich nicke schon wieder. Das kann doch nicht wahr sein. Da sitzt er, ein wunderbarer Mann. Und kann nicht mit mir schlafen. Aber geht es darum? Ist Sex das Wichtigste in einer Beziehung? Nach allem, was ich jetzt erlebt habe, würde mir ein Arm, der mich hält, sehr gut tun.

Beim Dessert hält er dann meine Hand. Es ist so romantisch.

„Dieser Alexander ...", sagt er.

„Ja?" Und immer noch geht mir ein Stich ins Herz.

„Wenn Sie so an ihm hängen, dann sollten Sie ihn einfach zu einem Ihrer Liebhaber machen."

„Aber ich habe Ihnen doch erzählt, dass ich mich so unglücklich in ihn verliebt habe."

„Verliebt sein geht schnell vorbei. Eine Beziehung aufzubauen und die Liebe zu pflegen ist eine ganz andere Aufgabe. Ich würde es sehr gerne versuchen", sagt er ernst und ein wenig traurig. Ich drücke seine Hand. Er verschränkt seine Finger in den meinen. Wir sehen uns lange in die Augen. Als wir wieder aus unseren Gefühlen auftauchen, bemerken wir erst, dass das Restaurant schon ganz leer ist. Die Kellner sitzen an einem Tisch am Eingang und essen. Sie lassen uns in Ruhe. Ein schöner Ort ist das hier. Aber mit ihm ist bestimmt alles wunderschön.

Trotzdem sage ich ihm, als er mich nach Hause bringt, dass ich mich nicht auf ihn einlassen kann. Es wäre eine Lüge, denn ich liebe Alexander noch zu sehr.

„Sie wollen doch kein Trostpflaster sein."

„Nein. Mit Sicherheit nicht", sagt er würdevoll und küsst mich zum Abschied nicht einmal auf die Wange.

Amors großer, dicker Pfeil

„Du kannst mich nicht für dich alleine haben, Liebes", sagt Alexander sanft und streicht mir eine Träne von der Wange.

„Das möchte ich aber so gern."

„Es tut mir leid, wirklich. Das wollte ich nicht in dir auslösen."

„Das muss dir nicht leidtun. Du warst doch von Anfang an ehrlich zu mir."

„Du könntest mich doch lieben und trotzdem teilen."

„Meinst du, ich bin einfach nur zu besitzergreifend?"

„Es ist doch ganz normal, dass du eine monogame Beziehung haben möchtest. Das wollen die meisten Menschen. Sie glauben, es gibt ihnen Sicherheit. Dabei ist es viel sicherer, mehrere Partner zu haben. Wenn einer nicht mehr möchte, bleiben noch all die anderen."

„Es geht doch nicht nur um Sex, sondern um all die anderen Dinge, die man miteinander teilt."

„Liebes, du kennst mich doch gar nicht. Du weißt nur, wie ich im Bett bin."

„Das ist mir egal. Ich fühle für dich, was ich fühle."

Alexander nimmt mich in die Arme und küsst mich auf die Stirn. Das macht die Sache nicht besser und ich fange heftig zu weinen an, es bricht aus mir heraus, und er hält mich einfach weiter fest.

„Wenn du wüsstest, was ich für ein blöder Idiot bin, würdest du mich nicht mehr wollen."

„Ich mag offensichtlich blöde Idioten."

Jetzt müssen wir beide lachen. Sein Brustkorb bebt dabei. Ich atme seinen Duft ein. Er riecht einfach so gut, ich möchte ihn ganz in mich einsaugen. So stark, so männlich, so liebevoll riecht er. Es ist ein dunkler, maskuliner Geruch, und ich würde mich Alexander jetzt am liebsten hinschenken.

„Isabella, du bist wirklich eine tolle Frau. Aber dieses Beziehungsgedöns ist nicht mein Ding. Das ist alles spießiger Unsinn für mich, und ich will das nicht. Sei nicht traurig, so bin ich eben."

„Du bist wunderbar."

„Ach, Isabella, das bin ich nicht. Das Einzige, was ich gut kann, ist Ficken."

„Aber das kannst du wirklich gut."

Wieder müssen wir lachen.

Er ist so schön warm, und ich schmiege mich an seinen Brustkorb, den Arm um seinen Bauch gelegt.

„Und heulende Frauen trösten, darin bist du auch gut."

„Danke."

„Und auch sonst bist du toll, ganz bestimmt."

„Du hast ein naives Herz, Liebes, du musst vorsichtiger sein. Wenn du dich in Typen wie mich verliebst, ist das nicht gut für dich. Hörst du?"

Ich schüttele den Kopf.

„Such dir einen, der dich ganz und gar will, jeden Tag und jede Nacht, einen zum Heiraten, Kinder kriegen und was weiß ich wozu, eben was dich glücklich macht. Ich bin da der Falsche."

„Mein Herz sagt etwas anderes."

„Ach Gott, bist du süß", sagt er leise und drückt mich an sich.

„Wenn ich weinen könnte, würde ich es jetzt tun", flüstert er mir ins Ohr. „Liebes, bitte vergiss es, ich bitte dich."

„Nein." Wieder muss ich weinen. Und wieder streicht er über mein Haar.

„Isabella, lass mich dir helfen."

„Wie denn?"

„Ich suche dir einen geeigneten Mann. Ich habe in dieser Hinsicht einen klareren Kopf als du."

„Du willst mir einen Mann suchen? Das ist doch nicht dein Ernst?"

„Doch, das meine ich so. Schau mal, ich bin ein Mann, mir können die Typen nichts vormachen. Deshalb suche ich dir einen aus, und dann tust du mir einen Gefallen und verliebst dich in ihn."

„Du willst mich nur loswerden."

„Ich will, dass du nicht mehr weinen musst."

„Dann können wir uns nicht mehr treffen."

„Nein."

„Wir würden ja doch nur wieder übereinander herfallen."

„Allerdings."

„Alexander?"

„Ja?"

„Hast du nicht zufällig einen monogamen Zwillingsbruder?"

Er drückt mich fest und lacht leise.

„Leider nicht, Liebes. Hör mal, soll ich dich ein bisschen durchvögeln, damit du wieder auf andere Gedanken kommst? Oder ist das jetzt ein unverschämter Vorschlag?"

Ich schlage ihm als Antwort fest auf den Oberarm. Er zuckt nicht einmal zusammen.

„Ja, schlag mich doch einfach mal, Isabella."

Und ich gebe ihm eine Ohrfeige, die so laut klatscht, dass ich mich erschrecke.

„O Gott, habe ich dir wehgetan?"

Er grinst schief. Seine Wange läuft rot an.

„Mach weiter", sagt er dann mit rauer Stimme, „komm, mach."

Und ich balle die Fäuste und schlage auf ihn ein. Einen Teil der Schläge kann er abfangen, den Rest kassiert er auf den Brustkorb, dann packt er mich und wirft mich herum, sodass wir auf dem Bett miteinander ringen. Ich biete meine ganze Kraft auf und er hält dagegen, lässt sich von mir kratzen und beißen, windet sich unter mir, hält mir die Arme fest, woraufhin ich mit Treten beginne.

Irgendwann hat er mich von hinten mit festem Griff umklammert, und immer noch kämpfe ich, will mich befreien, um weiter auf ihn einzuschlagen. Er windet sogar seine Beine um mich, um mich zu bezwingen, und ich spüre seine mächtige Erektion an meinem Po.

„So, aber ficken willst du mich dann doch, oder was?"

„Ja", haucht er mir in den Nacken.

„Aber sich auf etwas einlassen und dich binden, dafür bist du zu feige."

„Ja", sagt er ruhig, und nimmt mir damit völlig den Wind aus den Segeln.

Alexander packt meine Handgelenke mit einer Hand, und mit der anderen zieht er mir Hose und Slip herunter, sodass mein blanker Hintern freiliegt. Er greift nach etwas hinter sich, dann fühle ich, wie er mir Gleitmittel zwischen die Pobacken reibt.

„Nein!"

Sanft massiert er es in meinen Anus ein, kreist mit seinen Fingern darum herum, schiebt vorsichtig, einen, dann zwei Finger hinein und wieder heraus.

Ich verspanne mich völlig.

„Ruhig, Liebes, ich habe Erfahrung damit."

Ich bleibe trotzdem verkrampft, bin so unlocker, dass mir seine Finger unangenehm werden. Also lässt er sie langsam herausgleiten und streift mit der Hand zärtlich zwischen meinen Pobacken hin und her.

„Lass los", flüstert er.

„Nein", sage ich und will mich wegdrehen. Doch erhält mich fest.

„Wenn du wirklich nicht willst, dann sag das Safeword. Ansonsten mache ich hier weiter."

Rubin – ich will dieses alberne Wort nicht sagen und schweige trotzig. Er schiebt seine Hand in Richtung meiner Venus und tastet nach meiner Nässe.

„Du bist sehr erregt", stellt er fest und beginnt wieder mit der Massage meines Anus. Ganz langsam und vorsichtig beginnt er wieder, einen Finger in meinen Po zu schieben, und ich spüre, wie ich mich diesmal deutlich weniger verkrampfe.

Ein wenig drückt es, aber es ist auch aufreizend, und schon bald schiebt er mir zwei Finger hinein. Ich ertappe mich dabei, wie ich meinen Hintern seinen Fingern entgegenschiebe, auch wenn mir diese Art von Berührung noch nicht ganz geheuer ist. Es schmerzt ein wenig, aber es ist trotzdem antörnend. Sobald ich lockerer lasse, fühlt es sich angenehmer an, und mich macht es mächtig an, mich so gehenzulassen.

„Ich werde ganz sachte und vorsichtig sein", flüstert er, und dann spüre ich, wie er meine Pobacken auseinanderdrückt, um seinen Schwanz in mich einführen zu können. Ein bisschen verkrampfe ich bei der Vorstellung, seinen prallen Penis in meinem Po zu haben, und Alexander merkt es und wartet regungslos ab, bis ich wieder lockerer lasse.

Dann spüre ich einen festeren Druck und lasse ganz los, um ihn in mich eindringen zu lassen. Und er führt seinen Penis wirklich ganz langsam und vorsichtig in mich ein.

Ich spüre, wie meine Muskulatur immer wieder leicht

zuckt, einfach aus Reflex, und lasse dann jedesmal wieder los.

Ganz langsam beginnt Alexander sich in mir zu bewegen, ganz kleine, zarte Stöße vor und zurück. Ich entspanne mich weiter und werde so erregt wie selten. Ich kann nämlich der Lust gar nichts mehr entgegensetzen, denn sobald ich das versuche, verspanne ich auch meinen Anus. Also lasse ich einfach alles los. Und der Lust ihren Lauf.

Alexander hält mich jetzt an der Hüfte, während er etwas schneller, aber kaum fester zu stoßen beginnt. Und ich fühle eine solche Wildheit in mir hochkommen, dass ich mich mit dem Oberkörper nach vorn und hinten werfe, ich fühle mich so enthemmt, so rasend geil, dass es mich schüttelt.

Als Alexander gekommen ist, hält er mich noch im Arm. Ich bebe noch, kann meine Erregung kaum fassen, woraufhin er mich auf den Rücken dreht und sich vor mich kniet. Er reibt mir mit seiner flachen Hand schnell und geschickt zwischen den Schamlippen, und ich komme fast sofort, bäume mich auf, packe ihn und ziehe ihn zu mir herunter, begehre ihn, und er küßt mich wild, während ich meinen Unterleib gegen seinen presse.

„Gleich, Liebes, gleich kann ich wieder", murmelt er mir ins Ohr.

Liebesfrust und Liebeslust

Tanja holt die große Taschentuch-Box an die Couch und reicht mir geduldig eines nach dem anderen. Ich heule und schniefe und erzähle.

„Och Herzchen", macht Tanja und reicht mir die Schale mit den Schokokeksen. Ich schüttele mit dem Kopf.

„Oh, dann ist es wirklich ernst", murmelt Tanja und tätschelt mein Knie.

„So ein Mist", fluche ich. „Ich liebe den Alexander so."

„Ja, Herzchen, ja. Das ist wirklich bescheuert."

Und sie reibt mir beruhigend den Rücken.

„Im Kindergarten musst du die Kinder bestimmt auch immer trösten."

„Ja, aber die sind schneller wieder munter. Die kennen solche Liebesgeschichten noch nicht."

„Man sollte nicht erwachsen werden."

„Ja, da hast du recht."

Wir müssen beide lachen. Thomas kommt zur Tür herein, und Tanja ruft: „Weinende-Frauen-Alarm".

„Oje", macht Thomas, „ich mache mir dann in der Küche etwas zu essen warm."

„Es gibt nichts mehr", flötet Tanja.

„Und was heißt nichts?", fragt Thomas genervt.

„Pizza bestellen heißt das."

„Salami und Pilze mit extra Knoblauch?"

„Ja."

„Und du, Isabella?"

„Nichts."

„Oh", macht Thomas und schaut Tanja ratlos an.

„Bestelle ihr einfach irgendetwas mit, bis nachher hab ich sie wieder flott."

„Ich werde nie wieder flott", heule ich los, und Thomas ist schneller aus dem Wohnzimmer, als ich mit der Wimper zucken kann.

♀ + ♂ + ♀

Später bin ich dann doch froh, dass Tanja meinen Appetit richtig eingeschätzt hat. Wir sitzen mit den aufgeklappten Pizzakartons auf der riesigen Eckcouch und mampfen vor uns hin.

Tanja ist erst merkwürdig still, doch dann platzt sie mit einer Frage an Thomas heraus: „Darf ich Isabella unsere Begegnung mit Rita erzählen?"

„Ich dachte, das hättest du schon längst getan, du Tratschtante."

„Nein."

„Na, das ist aber ein Wunder", sagt er trocken und gibt ihr dann einen fettigen Schmatzer auf die Wange, den sie sofort gespielt angeekelt wegwischt. Manchmal frage ich mich, ob sie nicht auch deshalb eine so grandiose Kindergärtnerin ist, weil sie sich selbst eine so sympathische kindliche Art erhalten hat.

„Geil war das", kommt Thomas ihr zuvor. „Isabella, das war einfach nur geil."

Tanja kichert. „Deine Rita, die hat es Thomas so richtig besorgt. Und dann mir. Und dann andersherum. Ich bin echt auf die Frau gekommen."

„Ihr verarscht mich."

„Nein", sagt Thomas. „Überhaupt nicht."

Ich schaue misstrauisch von einem zum anderen. Haben sie sich abgesprochen, mich mal so richtig auf den Arm zu nehmen? Zutrauen würde ich es ihnen.

„Und was habt ihr genau gemacht?"

„Das würdest du wohl gerne wissen", sagt Thomas grinsend.

„Ja, natürlich." Vor allem wäre ich froh über die Ablenkung. Ich will nicht mehr über Alexander nachdenken, will mich nicht mehr nach ihm sehnen.

Und Tanja quasselt munter los. „Das ist so eine tolle Frau, die Rita. Was die schon anhatte, ein schwarzes Kleid, und dann so rote Dessous trunter, Thomas hatte sofort dicke Eier."

„Ich hatte schon dicke Eier, als du mir sagtest, ich solle mich frisch machen, zu Nikolaus würde es Sex geben. Dass es *so* ein Sex werden würde, konnte ich ja nicht ahnen."

„Tja, ich bin immer wieder für eine Überraschung gut", scherzt Tanja.

„Allerdings", fügt Thomas ernst hinzu und schaut sie liebevoll an.

„Da kommt diese Frau, voll aufgestylt, wie bestellt, und ich denke noch, Tanni wird mir doch keine Professionelle bestellt haben. Aber als wir dann ein Glas Wein zusammen trinken, wird mir klar, was sie da eingefädelt hat."

„Ich Luder!", ruft Tanja fröhlich in den Raum.

„Und dann steht Rita auf, mitten hier im Wohnzimmer, und zieht sich das Kleid über den Kopf, steht nur noch in den Dessous da, und fragt uns, warum wir so schüchtern sind."

„Und dann ging es schon los", sagt Tanja trocken.

„Ich konnte es erst gar nicht glauben, aber sie saß schneller auf mir, als ich schauen konnte. Und weil Tanni es mir erlaubte, habe ich dann auch nicht lange gefackelt."

„Das hätte mich auch gewundert", kommentiert Tanja lachend.

„Das war einfach geil", schließt Thomas und beißt in ein Stück Pizza.

„Ich dachte erst, ich dürfte nur zusehen, aber Rita hat mich auch heißgemacht, und dann wurde es richtig lustig", erzählt Tanja weiter.

„Na ja, lustig auch, aber vor allem war es geil."

„Geil ist das Wort, das ich jetzt seit zwei Wochen höre, jeden Tag erzählt er mir, wie geil das war."

„Das werde ich noch meinen Enkelkindern erzählen", sagt er augenzwinkernd.

„Klar, wenn du mich weiter so viel begattest, werden wir davon bald einen ganzen Stall haben."

Sie lachen beide, und Thomas versucht sich wieder an einem Kuss, den Tanja diesmal erfolgreich abwehrt. „Später, Schatz, später", haucht sie gespielt sexy.

„Nee, du hattest extra Knoblauch."

„Dann beißt du eben auch mal an meiner Pizza ab."

Was für eine Beziehungsidylle, denke ich. Und wie ätzend, dass ich dieses harmonische Tralala ertragen muss, während ich Liebeskummer habe. Ich gönne es Tanja und Thomas von Herzen, aber mir versetzt es immer wieder einen Stich. Und Weihnachten steht auch noch vor der Tür. Das Fest der Liebe. Dass ich nicht lache. Ich werde mit meiner Schwester und ihren Kindern den Baum schmücken, während meine Mutter mir – dem unverheirateten Sorgenkind – besorgte Blicke zuwirft.

Vielleicht weiß Thomas einen Rat, er kann das als Mann vielleicht aus einer anderen Perspektive betrachten. Ich erzähle ihm von Alexander, und er hört aufmerksam zu. Abschließend schüttelt er den Kopf. „Keine Chance", sagt er. „Der Typ mag dich, und er steht offensichtlich sehr auf dich, aber er ist alt genug zu wissen, ob er beziehungsfähig und willig ist oder nicht. Du solltest ihm glauben, was er sagt."

Ich nicke traurig.

„Aber andere Mütter haben auch schöne Söhne", schließt er aufmunternd.

„Kennst du welche?"

Er grinst. „Nein, leider nicht. Aber du wirst schon einen finden."

„Vielleicht habe ich schon einen gefunden", sage ich zögerlich.

„Waaas?" Tanja setzt sich kerzengerade auf. „Und das erzählst du mir nicht?"

„Na ja, ich will doch eigentlich Alexander."

„Und jetzt sag mir bitte nicht, du hast dem anderen einen Korb gegeben."

Ich schweige betroffen.

„O nein." Tanja lässt sich in die Couch zurücksinken.

„Ich will eben nicht, dass er sich wie ein Trostpflaster vorkommt."

„Aber du hast ihm das mit Alexander erzählt."

„Ja."

„Und?"

„Er meinte, ich wäre aber auch schon dabei, mich in ihn zu verlieben."

„Also hat er damit kein wirkliches Problem."

Ich werde stutzig. „Nein."

„Du hättest dich doch weiter mit ihm treffen können, ihn erst mal kennenlernen können, und dann hättest du dich vielleicht doch noch in ihn verliebt. Oder mochtest du ihn nicht?"

„Doch, sogar sehr."

„Also weißt du, Isabella", sagt Thomas trocken, „du machst es dir unnötig schwer."

„Ich bin einfach noch nicht so weit." Ich könnte schon wieder weinen. Vor lauter Liebeskummer bin ich wie gelähmt. Wie soll ich da gleich mit dem nächsten Mann anbändeln?

„Bis dahin können wir ja ein paar Dreier mit dir machen, Isabella", sagt Thomas, und erhält von Tanja dafür einen festen Schlag auf den Arm.

„Das ist *meine* Freundin", schimpf sie scherzhaft, „du Triebtier." Und dann küsst sie ihn mit einem lauten Schmatzer auf die Wange. „So, jetzt bist du auch ganz fettig. Dann können wir nachher zusammen duschen."

Hart, aber herzlich

Mit meinem Chef Carl hat sich mittlerweile eine harte, aber herzliche Affäre entwickelt. Wir ficken nach Feierabend im Büro oder in der Pension, in der er sich eingemietet hat, und schließlich nimmt er mich mit in sein Wochenendhaus am See. Ich bin froh über diese Abwechslung, denn der Herzschmerz wegen Alexander und das Grübeln, ob ich der Sache mit Richard nicht besser eine Chance gegeben hätte, machen mich noch wahnsinnig.

Carls Körper lenkt mich auf jeden Fall gut ab, er ist fest, muskulös, ja regelrecht hart, weil er seine Aggressionen abends häufig im Fitnessstudio herauslässt – oder eben an mir. Ich genieße es, dass er mich so hart rannimmt, und ich weiß, das geht nur, weil ich mich seiner Führung – genauso wie im Beruf – blind anvertraue. Er behandelt mich im Büro wie immer, ab und an zwinkert er mir aber freundlich zu, damit ich weiß, dass alles in Ordnung zwischen uns ist.

Das kleine Häuschen am See hat einen Steg, der weit ins Wasser hinausragt, eine Holzfassade und ein Holzdach, es sieht ganz schnuckelig aus. Carl erzählte mir auf der Fahrt, dass nur ab und zu ein Angler an den See kommt, andere Menschen verschlägt es nur selten hierhin. Und zwischen den Jahren, bei den frostigen Temperaturen, schon gar nicht.

Die Luft ist klar und rein, sie duftet nach Wald und Winter, und als ich gleich neugierig auf den Steg laufe, folgt mir Carl mit langsamen, gemessenen Schritten. Er stellt sich hinter mich und beginnt meine Brüste zu kneten.

„Ich will, dass du dich jetzt nackt auszieshst und von mir ficken lässt."

„Hier?"

„Natürlich hier."

Ich gehorche, ziehe mich nackt aus und habe dabei panische Angst, dass dieser Angler vielleicht doch gerade jetzt vorbeikommt. Vor lauter Aufregung spüre ich die Kälte kaum, und Carl fährt mit der Hand über meine Gänsehaut an den Brüsten und drückt fest meine harten Knospen.

„Auf die Knie, zeig mir deinen Hintern."

Ich gehorche wieder, knie mich hin, stütze mich auf den kalten Planken ab und strecke meinen Hintern nach oben. Ich höre, wie er den Reißverschluss seiner

Hose öffnet, und spüre dann, wie er fest in mich eindringt.

„Braves Mädchen."

Er fickt mich mitten auf dem Steg, bei strahlendem Wintersonnenschein, und das Risiko, dass dieser Angler vorbeikommen könnte, es törnt mich plötzlich an.

„Du bist so geil", stöhnt er, „du bist das geilste Luder, das ich jemals gefickt habe."

Er stößt härter zu und kommt dann pulsierend in mir.

„Wir machen in der Hütte weiter. Nicht dass du dich verkühlst. Ich brauche dich im neuen Jahr im Büro."

♀ + ♂

Der Innenraum besteht nur aus einer kleinen Küchenzeile, einem schmalen Tisch mit zwei Holzstühlen und einem ausladenden Bett. Es hat einen Metallrahmen, und an dem Gestänge sind Handschellen festgemacht. Als er mein Stirnrunzeln sieht, lacht Carl.

„Keine Sorge, zu den Dingern gab es mal Schlüssel, die habe ich aber verloren. Ich fessele dich ohnehin lieber mit etwas weicherem als diesen kantigen Dingern."

„Du willst mich wirklich fesseln?"

„Ich entnehme deiner Frage, dass du noch nicht gefesselt wurdest."

„So ist es."

„Du wirst es genießen."

Er schiebt mich zum Bett und nimmt mir die Kleider ab, die ich auf dem Steg nur zusammengerafft habe. Ich denke nicht, dass er schon wieder kann, aber ich spiele mit. Mich fesseln lassen in einer einsamen Blockhütte. Ob das nicht völlig danebengehen kann?

Wir fallen zusammen aufs Bett, und er küsst mich zum ersten Mal, seit wir miteinander ficken. Es sind heftige, einnehmende Küsse, und er greift mir auch zum ersten Mal an die Venus und sucht meine Klitoris, um sie zu reiben. Auch hier drückt er fest, und ich bin so erregt von dem Sex, den wir eben auf dem Steg hatten, dass ich schnell komme. Er hält mich dabei fest im Arm.

Danach bleiben wir umklammert liegen, er hat immer noch seine Kleidung an.

„Weißt du, schöne Isabella", sagt er traurig, „im Grunde genommen sind alle erfolgreichen Männer einsam. Wir haben im Beruf viele Feinde und Neider, und bei den Frauen müssen wir vorsichtig sein, dass sie uns nicht nur ans Portemonnaie wollen. Was mich die Scheidung von meiner Ex kostet, kannst du dir noch nicht einmal vorstellen."

„Das tut mir sehr leid für dich", sage ich mitfühlend. Am liebsten würde ich ihn trösten.

„Du bist ein guter Mensch, Isabella. Ich wünsche dir

wirklich, dass du einen Mann für dich findest, der dich glücklich macht. Du kannst mir dann bescheid sagen, dann höre ich auf, dich zu ficken. Dadurch werden dir keine Nachteile entstehen, hörst du?"

„Ja. Ich vertraue dir."

„Tu das nicht."

„Was? Dir vertrauen?"

„Den Menschen zu sehr vertrauen. Das solltest du nicht. Du weißt, dass ich mein Wort halten werde, weil du mich kennst. Aber im Allgemeinen lügen Männer, wenn es um Frauen geht. Sie lügen wie verrückt. Aber bei uns beiden gibt es nichts zu gewinnen und nichts zu verlieren."

„Wie meinst du das?"

„Ich bin noch überhaupt nicht wieder bindungsfähig und vor allem auch gar nicht willig. Ich habe die Schnauze voll von den Weibern – verstehe mich nicht falsch, das mit der Scheidung nimmt mich ziemlich mit, auch wegen der Kinder."

Ich streiche ihm sanft übers Haar. Er ist so stark, hart und dominant, aber in seinem Herzen ein Mensch. Irgendwie beruhigt mich das. Er ist einfach wie jeder andere auch.

„Ich bin gern mit dir zusammen, Isabella. Und du bist einfach unheimlich gut zu ficken. Wenn ich ihn dir reinstecke, könnte ich schon abspritzen. Du bist so lieb und so ... so willig. Ich mag das. Ich mag das sehr. Ich weiß deine Loyalität mir gegenüber wirklich zu schätzen."

„Ich mag dich auch."

„Ja. Ich weiß. Aber verliebe dich bitte nicht in mich."

Er nimmt mein Gesicht in seine Hände.

„Versprich mir, dass du dich nicht in mich verlieben wirst."

Ich nicke vorsichtig.

„Gut." Er küsst mich wieder, beißt mir sanft auf die Lippen. „Sehr gut. Das wäre verheerend. Ich bin kein Mann zum Verlieben."

Ich erwidere seine Küsse begierig, presse mich an ihn. Er greift mir an den Hintern, massiert und knetet ihn, küsst mir die Brüste und beißt fest in die Nippel, sodass es mir ein wenig wehtut. Als ich zusammenzucke, wiederholt er es. Ich beginne es zu genießen.

„Drehe dich um."

Ich tue es, und er zieht mich am Becken hoch, sodass ich wieder vor ihm knie, nach vorne gebeugt. Er zieht seinen Gürtel aus der Hose, und als ich schon vom Bett springen will, weil ich fürchte, er will mich schlagen, hält er mich fest und flüstert mir ins Ohr: „Nein, ich tue dir nicht weh. Ich habe bei so etwas zwar wenig Hemmungen, aber du bist nicht der Typ Frau für Schläge, und das weiß ich doch."

Und er zieht den Gürtel in einer Schlaufe um meine

beiden Handgelenke und dann um den Metallrahmen. Er zieht ihn fest, aber so, dass es nicht zu unangenehm ist. Obwohl ich ein wenig Angst habe, erregt es mich sehr, dass ich ihm jetzt ausgeliefert bin.

Er zieht sich aus, umarmt mich nackt von hinten und küsst mir den Nacken. Dann zieht er mir die Backen auseinander und dringt fest in meinen Anus ein, ohne Vorwarnung oder Vorbereitung. Er muss allerdings seinen Penis mit etwas Gleitmittel eingerieben haben, denn ich spüre einen starken Druck und auch ein wenig Schmerz, aber nicht allzu viel.

Er fickt mich hart in den Arsch, und ich lockere mich, öffne mich für seinen Schwanz, so weit es mir möglich ist. Ich kann mich, gefesselt wie ich bin, nirgends festhalten, deshalb verlagert sich mein Gewicht auf die Handgelenke, die schwer in der Gürtelschlaufe liegen.

„Das ist geil", stöhnt er. „Du geiles Stück." Und er klatscht mir auf die Hinterbacken. Es hat etwas so Obszönes, Unanständiges, sich so behandeln zu lassen, und das macht mich so geil, dass ich gar nicht weiß wohin mit mir.

Es klatscht wieder, und das Erbeben meines Fleisches geht mir durch und durch. Er stöhnt laut, zieht seinen Schwanz mit einem heftigen Ruck heraus und spritzt mir auf den Arsch. Ich bin auch kurz davor zu kommen. Wäre ich nicht gefesselt, ich würde es mir selbst machen wollen, nur damit ich endlich aus dieser Erregung erlöst werde.

Er streichelt mir kurz über den Rücken, die Schenkel, packt meinen Arsch. Dann legt er sich neben mir ab, während ich in meiner Stellung verharre. Geduldig und nass warte ich auf das, was er als Nächstes mit mir vorhat.

Es ist nicht alles Gold, was glänzt ... aber vielleicht Silber

Mit heftig klopfendem Herzen rufe ich im neuen Jahr dann doch bei Richard an. Er freut sich, von mir zu hören. Ich bin sehr nervös, und als ich ihm stammelnd und stotternd sage, dass ich ihn doch gerne näher kennenlernen möchte, lacht er leise und verständnisvoll vor sich hin.

„Manche Dinge brauchen eben ihre Zeit, Isabella. Und natürlich müssen wir uns erst mal näherkommen. Also lassen wir es doch einfach langsam angehen."

„Ich habe Angst", rutscht es mir heraus.

„Mir ist auch ein wenig bang, aber wir schaffen das schon, meinst du nicht auch?"

„Ich weiß es nicht. Ich habe Angst, ich komme nicht von Alexander los. Ich hänge noch ein wenig an ihm."

Richard schweigt kurz, dann spricht er in sachlicherem Ton weiter. „Danke dir für deine Ehrlichkeit und dein Vertrauen." Er schluckt. „Sei einfach du selbst, und dann sehen wir mal."

„Ja." Mir ist zum Weinen zumute.

Gleich am nächsten Tag treffen wir uns und gehen im Palmengarten spazieren. Es ist kalt, aber sonnig, und als er mich zu einem heißen Kakao einlädt, sage ich nicht Nein. So lerne ich seine Wohnung kennen, eine geschmackvoll eingerichtete Altbauwohnung mit vielen Bücherregalen. Er macht mir einen Kakao und sich einen Kaffee, dann unterhalten wir uns stundenlang über unsere Leben. Irgendwann liege ich auf der Couch in seinen Armen und er streicht mir lange und liebevoll übers Haar. Ich genieße es so sehr, dass es nicht um Sex geht. Und dennoch ...

„Richard, ich habe Angst, dass wir es nicht schaffen. Was ist, wenn wir es nicht aushalten, dass wir uns nicht vereinigen können?"

„Wir werden es einfach versuchen. Nur so können wir es herausfinden. Es wird vielleicht nicht immer einfach sein, aber wir haben unser beider Gefühle als Grundlage, nicht wahr? Alles andere wird sich zeigen."

Richard streicht mir übers Haar, und dann küssen wir uns zart und sanft. Es ist der schönste Kuss meines Lebens, und er enthält mehr Gefühl, als ich aushalten kann. Mir fließen irgendwann die Tränen, und er streicht mir sanft mit der Hand über die Wange, um sie wegzuwischen.

Und dann nehme ich doch sein Stofftaschentuch an, das ich danach in meine eigene Hosentasche stopfe, weil ich es ihm nicht zurückgeben will.

Wir gehen noch essen, halten uns beim Abendspaziergang an der Hand, und schließlich übernachte ich bei ihm.

Ich bin sehr nervös. Dabei hält er mich nur im Arm und wir erzählen, zwischendurch küssen wir uns und er beginnt mich liebevoll zu streicheln. Ich bin zwar erregt, aber ich lasse die Erregung einfach in mir auf- und abwallen, sie wird zu einem Fließen, einem Strömen, das in sich selbst Erfüllung ist.

Irgendwann streichelte er sanft meine Klitoris und hält mich fest im Arm, während ich leise und zart komme.

„Was kann ich für dich tun?", frage ich.

„Nichts, es ist alles gut, wenn du zufrieden bist. Und bitte sage es mir, wenn du Sex brauchst, ich möchte das wissen. Ich möchte, dass du alles bekommst, was du brauchst."

„Ich habe Angst, dass du eifersüchtig wirst. Du hättest ja auch Anlass dazu."

„Das wäre dann mein Problem. Lass es nicht deine Sorge sein."

„Aber ich will dich nicht verlieren."

„Das ist schön, dass du das sagst. Du verlierst mich so schnell nicht."

„Wie ist es dir lieber? Wenn ich alleine mit einem anderen Sex habe oder wenn du dabei bist?"

„Kann ich mir das aussuchen?"

„Ja natürlich."

„Ich möchte dabei sein, wenn dir das nichts ausmacht."

„Nein, du bist doch dann mein Beschützer."

Ich kuschele mich mit der Nase in sein Brusthaar. Er riecht immer so gut. Alles an ihm ist so fein, so sanft, und ich kann mich immer an seinen großen Bauch und Brustkorb schmiegen.

„Ich müsste weinen, wenn ich zusehen müsste, wie du mit einer anderen Frau schläfst."

„Am Anfang habe ich es sehr bedauert, dass ich meine nächste Frau sexuell nicht für mich alleine einnehmen kann. Mittlerweile weiß ich aber, dass es die beste und auch schönste Lösung ist."

Ich nicke, aber mit wehem Herzen.

Das Salz in der Suppe

Alexander ist nicht nur einverstanden, dass Richard beim Sex dabei sein wird, er ist sogar begeistert. „Zuschauer", freut er sich, „sind doch das Salz in der Suppe."

Ich erzähle ihm, wie verliebt wir ineinander sind, und dass wir ein ähnliches Arrangement anstreben, wie Ralf und Rita es leben.

„Will er auch mitmachen? Gerne!" Alexander ist ganz aus dem Häuschen und küsst immer wieder meine Hand. Er ist wohl auch erleichtert, dass ich jemanden gefunden habe, der mich glücklich machen kann.

„Nein, er möchte nur zuschauen."

„Sollen wir etwas Bestimmtes machen?"

„Am liebsten wäre es mir, du würdest mich lange und ausdauernd rannehmen, das bräuchte ich am dringendsten."

„Aber Liebes, das ist doch eine meiner leichtesten Übungen."

„Ist dir das nicht zu langweilig?"

„Mit dir ist doch nichts wirklich langweilig. Ich werde schon dafür sorgen, dass genügend Abwechslung in dein Bett kommt, das weißt du doch."

♥ + ♥ + ♂

Als Richard uns begrüßt, ist mir schon ein wenig mulmig. Er zieht mich an sich und küsst mich, dann schüttelt er Alexander die Hand und deutet mit einer Geste ins Wohnzimmer, wo er eine Flasche Weißwein geöffnet hat.

Wir unterhalten uns ein wenig, und Richard und Alexander scheinen sich gut zu verstehen. Kein Wunder, Richard hat Stil und Alexander ist einfach unheimlich sympathisch.

„Ich möchte, dass ihr beiden euch kein bisschen zurückhaltet", sagt Richard mit Blick auf mich. „Es verletzt mich nicht, verstehst du?", fügt er ernst hinzu.

Ich nicke, habe aber trotzdem Angst.

„Männer erregt es, wenn sie zuschauen dürfen, Liebes", sagt er. „Wir sind anders als Frauen."

„Du hast ihm nichts von meiner Impotenz erzählt", stellt Richard fest.

Ich schüttele den Kopf.

„Das hättest du aber machen können. Das ist doch hier ein intimer Rahmen."

Alexander hebt die Brauen.

„Physisch oder psychisch?", fragt er, als hätte er schon gleich eine Idee, wie man psychische Hemmungen lösen könnte.

„Leider physisch", sagt Richard. „Ich kann nicht in Isabella eindringen, es geht einfach nicht. Aber ich möchte auch nicht, dass sie das entbehren muss. Sie soll ihre Liebhaber haben, und dann in meinen Armen einschlafen."

„Das halte ich für eine gute und ehrenwerte Lösung", sagt Alexander und ist auf einmal sehr ernst. „Wenn du onanieren kannst, mir macht es nichts aus, wenn du es zwischendurch tust."

„Du hast schon Erfahrung damit?"

„Richard, du bist nicht der Einzige, dessen Frau ich beglücke."

„Das dachte ich mir schon."

♥ + ♥ + ♂

„Isabella", sagt Richard und hält mir seine Hand hin. Ich nehme sie und lasse mich von ihm ins Schlafzimmer führen. Alexander folgt uns, er rührt mich nicht an. Es ist, als ließe er Richard den Vortritt, als überließe er es ihm, das Startzeichen zu geben. Als würde er ihn als eine Art Erstmann akzeptieren, der das Sagen hat. Ich finde, Alexander zeigt hier auf eine männliche Art sehr viel Respekt.

Als ich vor dem Bett stehe, schaut mir Richard tief in die Augen. „Tu es."

Er setzt sich auf einen Stuhl an der Wand und zaubert von irgendwo ein Glas Whisky her. Alexander kommt mir jetzt näher, umarmt mich und küsst mich. Ich schaue zwischendurch zu Richard, er nickt mir zu.

Alexander und ich sinken aufs Bett, und er legt sich gleich auf mich und bewegt sein Becken leicht vor und zurück, um mich zu reizen.

Ich hatte nach meinem ausschweifenden Sexleben bestimmt vier oder fünf Wochen keinen Sex und werde unheimlich schnell unheimlich geil. Ich will ihn in mir haben, groß und prall in mir spüren, ich will fest, hart und ausdauernd gestoßen werden. Und mein Becken beginnt sich mit Alexanders zu bewegen, ausgehungert küsse ich ihn, beginne leise zu stöhnen.

Er rollt sich von mir herunter und beginnt mich auszuziehen. Ich helfe ihm, dann wirft er seine Klamotten von sich, zieht einen Gummi über seinen großen, erigierten Schwanz.

Ich liege breitbeinig auf dem Bett und wage es nicht, zu Richard herüberzuschauen. Ich habe wirklich Angst, dass ihm nicht gefällt, wie erregt ich bin. Alexander lenkt mich von diesem Gedanken schnell wieder ab, indem er fest in mich eindringt. Ich stöhne auf, will mich noch beherrschen, aber ich schaffe es nicht. Ich fühle ihn so wunderbar in mir, ich gehe mit jedem Stoß mit, lasse mich rannehmen, fest stoßen. Alexander scheint zu spüren, dass ich es dringend brauche, und zieht mit mir die Nummer durch, bis ich mich laut hechelnd unter ihm winde. Er stößt ein paarmal heftig zu, und ich bäume mich wild unter ihm auf. Er bleibt noch in mir und küsst mich, während ich bebe, dann zieht er sich vorsichtig aus mir zurück.

Er legt sich neben mich und streichelt mich, und erst als er zu Richard hinsieht, folge ich seinem Blick. Richard sitzt auf seinem Stuhl, die Beine übereinandergeschlagen und das nun halb leere Glas Whisky in der Hand. Er prostet mir stumm zu, und ich strecke meine Hand nach ihm aus. Er nimmt sie und hält sie, und wir sehen uns dabei in die Augen. Ich könnte weinen, weil ich so erleichtert bin.

„Es ist alles gut", sagt Alexander. „Es ist doch alles gut zwischen euch."

Ich bin wirklich froh, dass es Alexander ist, der mit mir schläft, während Richard dabei ist. Es ist wunderbar, dass er schon Erfahrung mit anderen Paaren hat.

Richard holt uns etwas zu trinken und reicht mir eine Decke, damit ich mich nicht verkühle. Wir sitzen auf dem Bett und unterhalten uns ein wenig.

„Ich würde sie mir noch einmal nehmen", sagt Alexander in eine Pause hinein.

„Gerne", sagt Richard mit einladender Geste, „wenn

Isabella es auch möchte."

Ich nicke. Richard nimmt wieder seinen Platz auf dem Stuhl ein, und Alexander schlüpft zu mir unter die Decke. Schnell wird mir unter seinen Berührungen heiß und ich werfe sie zur Seite. Ich drehe mich herum und stütze mich auf die Unterarme, strecke meinen Po nach oben. Alexander klettert sofort hinter mich und hält mich an der Hüfte. Wieder dringt er fest in mich ein und beginnt mich ausgiebig zu stoßen. Ich brenne vor Lust und recke ihm meinen Po lustvoll entgegen. Er versteht den Wink und zieht sich aus meiner Venus zurück, um das Gleitmittel aus seiner Hosentasche zu kramen.

Er macht meinen Anus schön locker und dringt dann sanft und vorsichtig in ihn ein. Langsam steigert er die Intensität seiner Stöße, bis ich laut schreiend zucke. Er kommt in mir, und wir fallen erschöpft auf das Bett zurück, wo er mir zwischen die Beine fasst und meine Klitoris berührt. Ich komme fast sofort, mit tiefem, kehligem Stöhnen.

Nachspiel

Als ich am nächsten Morgen erwache, spüre ich Richards Körper im Rücken. Sein Arm ist um mich gelegt. Ein schwerer, warmer Arm, der mich beschützt. Ich spüre mein Herz wild schlagen. Ich weiß, ich liebe ihn. Und es ist schön, zurückgeliebt zu werden. Meistens schlafen wir mit dem Gesicht einander zugewandt und mit unseren Körpern ineinander verschlungen, aber heute Nacht hielt ich Alexanders Hand. Ich halte sie noch immer, drücke sie leicht, und seine drückt reflexartig zurück.

Ich habe zwei Männer, denke ich. Einen zahmen Mann, der mir ein Zuhause gibt und mich umsorgt. Und einen wilden Mann, der auf Beutezüge geht und seinen Samen in alle Frauen versenkt, die er nur finden kann. Nach dem Frühstück wird Alexander gehen, und heute Nacht wird er einer anderen Frau Freude und Vergnügen schenken. Ich werde mit Richard vermutlich in eines der wenigen erhaltenen

Programmkinos gehen und alte Filme anschauen.

Die Befriedigung, die mir Alexander verschafft hat, wird einige Zeit anhalten, und dann wird man sehen. Richard weiß auch von der Affäre mit meinem Chef, und er sagte schon, wenn ich es bräuchte, solle ich mich von ihm ab und zu nach Feierabend nehmen lassen. Er möchte es nur wissen, wenn ich später nach Hause komme, damit er sich keine Sorgen macht.

Mich durchströmt großes Glück, wie ich hier so liege. Gehalten von meinem Herzensmann, als Frau beglückt von meinem Zweitmann. Die Welt könnte nicht schöner sein.

Wir könnten Richards Impotenz zum Problem machen, aber wir machen einfach das Beste daraus.

Das ist der Weg des Herzens.

Nachwort: Das nackte Leben

Liebe Rubensfrauen,

dieses Buch habe ich für euch geschrieben! Denn ich bin selbst eine, die Rubens gemalt hätte, und ich hoffe, dass alle Frauen mit üppigem Körper sich wieder an ihre sinnliche Natur erinnern und sie leben – ohne Komplexe, ohne Scham, ohne Reue. Sondern in Freiheit und Freude.

Wir brauchen uns nicht zu quälen. Wir sind frei, unseren Traum zu leben, so dick und rund wir auch sein mögen. Jede von uns ist einzigartig, und Sex ist ein Lebenselixier, ein Jungbrunnen, eine Quelle vieler Freuden.

Also lebt und genießt!

Wir sollten zu uns und unserem Körper stehen und die Augen dafür öffnen, dass wir so begehrt werden, wie wir sind – nicht von jedem, aber wer braucht das schon? (Seid ehrlich, wollt ihr wirklich jeden? Das glaube ich wohl nicht.)

Vielleicht findet ihr auf eurer Suche nicht den Traumprinzen (genauso wenig wie die schlanken Frauen übrigens), sondern einen ganz normalen Mann mit Ecken und Kanten, Bauch und Brille – und einem großen Herzen. Das wünsche ich euch!

Und nur so nebenbei: Alle dargestellten Personen sind frei erfunden, eventuelle Ähnlichkeiten sind zufälliger Natur. Wenn sich also jemand wiederzuerkennen meint, so ist er meiner blühenden Phantasie entsprungen.

Eure *Sassy Vanderwitz*

Nachtrag zur zweiten Auflage

In meinem Leben gab es Zeiten, in denen ich niemals geglaubt hätte, dass man als dicker Mensch guten Sex haben könnte - oder sogar liebenswert ist.

„Männer sind Sehtiere", so die Meinung meiner Mutter, die mir damit nicht nur ein etwas merkwürdiges Männerbild vermittelte, sondern auch, dass ich als Dicke dann wohl keine Chance bei den Männern hätte. Dass Dicksein unsexy ist, scheint leider nicht nur in dem Denken meiner Familie, sondern auch in dem unserer Gesellschaft recht verbreitet zu sein.

Zusätzlich werden uns in den Medien immer wieder standardisierte 0815-Körper vorgeführt, die mit der Realität nicht mehr viel zu tun haben.

Doch was ist Schönheit wirklich?

Und wie schön sind auch die Körper, die den Schönheitsstandards nicht entsprechen?

Als wie schön erkennst du dich, wenn du nicht nach links und rechts nach den Meinungen anderer schaust, sondern einfach geradeaus in den Spiegel vor dir?

Oder willst du dich weiterhin der Diktatur derjenigen aussetzen, die dir nicht nur ein idealisiertes Körperbild verkaufen, sondern auch gleich das richtige Produkt dazu?

Es grüßt dich ♥-lich und mit einem Augenzwinkern

deine *Sassy Vanderwitz*

Wuppertal, im April 2016

Sassy Vanderwitz im Internet:
www.vanderwitz.com